小説
映画 ドラえもん

のび太の宝島

藤子・F・不二雄／原作
川村元気／脚本
涌井 学／著

★小学館ジュニア文庫★

プロローグ

「島が見えたぞぉ！」

メインマストに登っているスネ夫の声が聞こえた。「十時の方向だ！」

縄ばしごを下るジャイアンが目をむいている。

「おおっ！　ついに見つけたのか！」

船尾楼（プープ）のドアが開いた。目をキラキラさせたしずかちゃんが飛び出してきた。

「まちがいないわ！」

のび太は走る。頭の上のキャプテンハットを押さえ、甲板を蹴って走る。船の先端（ビークヘッド）にはもうドラえもんがやってきていた。頭の赤いバンダナが風になびいている。ドラえもんがつぶやいた。

「あ……、あれが伝説の……！」

隣に身を乗り出す。ジャイアンもしずかちゃんもやってきた。二人ともマリンルックに決めている。少し遅れてスネ夫が飛び込んできた。スネ夫のバンダナが海風にバタバタとひるがえる。

五人で同時にさけんだ。

「宝島！」

ドオンと大きな音がして、次の瞬間には大量の水が降ってきた。水しぶきで前が見えなくなる。

「なんだ？」

水しぶきが収まると、目の前に大きな黒船が現れた。海風に大きく膨らんだマストに、黒々としたドクロのマークが見えている。こちらの船の二倍はある大きさだ。薄気味悪いドクロがこっちを見て笑っているみたいだ。

「そーれっ！」

男たちの声が響いた。黒い船から大きなはしごが倒れ掛かってくる。はしごが落ち切るのを待たずに、その上を渡って何人もの男たちが押し寄せてきた。頭に真っ赤なバンダナ、手には刀を握っている。

「野郎ども！　かかれ！」

ロープから直接甲板に飛び降りてくる者までいる。のび太は走った。乗り込んできた男たちが、刀を光らせてドラえもんたちに迫っている。ドラえもんの背後には、怯えきった顔のしずかちゃんとスネ夫が見えた。ジャイアンはかみつかんばかりに男たちを威嚇しているけれどあまりに無勢だ。ドラえもんの顔に汗が浮かんでいる。

「く……、海賊……！」

高く昇った太陽の光が、海賊たちの刀を真っ白に光らせていた。走る。立ちはだかる海賊たちをけちらして走る。走りながらさけんだ。

「ドラえもん……！　いま助けるからね！」

「待て！」

のび太は足を止めた。ゆっくりと振り返る。並み居る海賊たちが二つに割れて、真正面に一つの道を作っていた。その道を一人の男が歩いてくる。カツンカツンと硬い音が響く。右足はなめし革のブーツにゲートル。そして左足は、一本の木の棒。その棒が甲板を叩く。

のび太の前に男が立った。刀を引き抜いてそれを構える。

「我が名はジョン＝シルバー」

見据えられた。男の頭にキャプテンハットが見える。海賊船の船長だ。

「お宝は……、我々がいただく！」

のび太は後ずさる。みんなを助けに行きたい。けど、それにはまず、この海賊「ジョン＝シルバー」をやっつけねばならない。

声を張り上げた。

「ぼくは、このヒスパニオーラ号の船長、キャプテン・ノビータだ！」

刀を抜く。シルバーがニヤリと口元をゆがめた。

「来い！」

「行くぞ！　ジョン＝シルバー！」

刀と刀がぶつかった。火花が散って腕がビリビリしびれる。重なった刀の向こうにシルバーの血走った目が見える。

「ノビータだかセニョリータだか知らんが」

シルバーの太刀筋は鋭かった。木の棒になっている左足でズシンと踏みこんで、ためらいなくのび太の首を狙ってくる。また剣がぶつかった。「お前など、八つ裂きにしてフカのエサにしてくれるわ！」

剣をかわすので精いっぱいだ。早くドラえもんたちを助けに行きたい。しずかちゃんが怯えた目をこっちに向けている。スネ夫が泣いている。ジャイアンが「キャプテン！」とさけんでいる。のび太は心を強くする。そう、ぼくはこのヒスパニオーラ号の船長。キャプテンなんだ！

だから！

シルバーの剣をはじき返した。そのままぐいぐいとシルバーを押していく。シルバーの背がのけ反り、その口がつぶやいた。「ぐ……、つ、強い……！」

負けるわけにはいかないんだ！

刀を振るい、シルバーを船首に追いつめる。まわりを取り囲む海賊たちが、驚いたフナムシのようにザザザと後ずさって道を開けた。シルバーの肩越しに真っ青な空が見える。帆船の先端に伸びている棒、バウスプリットがまっすぐに続いているのが見える。さらに踏み込む。シルバーの足がバウスプリットに乗った。そのまま押す。シルバーがちらりと下に目をやった。

足の下はサメのうようよいる大海原。落ちたらひとたまりもないはずだ。

「く……、しまった……!」

シルバーが唇をゆがめた。シルバーの鼻先に剣先を突き付けたままのび太は言う。

「観念しろ! シルバー!」

「……なんてな!」

シルバーがゆがめた唇をニヤリと笑みに変えた。剣を放り出し、銃の入った腰のホルダーに手を伸ばす。それをのび太に向けようとした瞬間——。

ダァン
銃声が響いた。シルバーがニヤリと顔をゆがめたまま横に倒れていく。真っ逆さまになって海に落ちて行く。バウスプリットに立っていたのはのび太だった。のび太の両手には二丁の拳銃。

シルバーが引き金を引くより早く、拳銃を取り出して同時に二発を放ったのだ。

背中から歓声が沸き起こる。

ジャイアンの声だ。

「すげえ！　さすがはキャプテン！」

聞きたかった声も聞こえてきた。

「すてきよ！　キャプテン・ノビータ！」

洞窟の中は青く光っていた。ボートは洞窟の中を静かに進む。水のしたたる音しか聞こえてこない。光の差し込まない洞窟だというのに妙に明るい。ボートから身を乗り出して水底をのぞいてみたら、底を埋め尽くすように砂金や金貨が沈んでいた。それが外の光を何度も反射して、洞窟の中を明るく照らしていたのだ。

「この先に……、ぼくらの目指すお宝があるはずだ」

ボートを降り、岩を踏んで歩く。隣でスネ夫の喉が鳴るのが聞こえた。

「ついに……」

濡れた岩壁に手をついて、さらに洞窟の奥に進む。すると突然視界が開けた。目的地にたどり着いたのだ。洞の奥に巨大な石彫りの顔が見えた。ジャイアンがのび太の肩に手を置いた。

「ここまで来たな……」

のび太は強くうなずく。石彫りの巨大な顔。その口の部分が両開きの扉になっている。手をついてそれを押す。扉の隙間に真っ暗な闇が見えて、次の瞬間に闇は金色の光の洪水にかき消された。

「わあ……！」

まばゆいばかりだ。扉の向こうは足の踏み場もないほどの金銀財宝の山だった。口の開いた宝箱が、金ののべぼうで埋め尽くされた床に無造作に転がっている。そこから宝石があふれ出している。どこかの国の国王のものだろう、色とりどりの宝石をちりばめた王冠も転がっていた。

スネ夫が王冠をかぶってはしゃいでいる。「すごい！」

「うわお！　億万長者だぁ！」

ジャイアンは両手に金ののべぼうを握って口を開けている。

のび太は金色の床を踏んで歩き、宝箱から一つのリングをつまみ上げた。それを持ってしずかちゃんの元に行く。しずかちゃんの左手をとって、その手を胸の前に持ち上げた。

「ノビータ……？」

しずかちゃんがのび太を見ている。

「だまって受け取ってほしいんだ」

ダイヤの指輪を、しずかちゃんの薬指にはめた。しずかちゃんの目が一瞬だけ指輪のはまった薬指に向いて、すぐにのび太を見つめる。その目がうるんでいる。

「のび太さん……」

抱きつかれた。しずかちゃんの腕がのび太の首に回る。

「すてき！」


「わあああああっ！」

隣の柱に飛びついた。そのまま勢いよくさけぶ。

「ゲ……、ゲテモノー！」

そしたら柱がもぞりと動いて、直後に頭が猛烈に痛くなった。

「のび太ぁ！　誰がゲテモノだぁ！」

ジャイアンの声だ。ジャイアンのゲンコツがこめかみをグリグリ締めつける。「イタイ、イタイ、イタイってばあ！」

ジャイアンの手が離れた後で、目を開けてきょとんとする。いつもの空き地だ。三本の土管が重なっているいつもの場所だ。みんないる。ジャイアンにスネ夫、それにしずかちゃん。今日は出木杉くんまでやってきていて、土管に腰かけて心配そうな目でのび太を見ている。

「大丈夫かい？　野比くん」

「あ……、そうかぁ」

出木杉くんが手に持っている本を見て思い出した。本の表紙に「宝島」と書いてある。主人公の少年ジムが、昔、海賊たちがお宝を隠したっていう無人島に冒険に出かける物語だ。その物語を出木杉くんから聞いているうちに、いつの間にかウトウトしてしまったんだ。そこに登場した敵の海賊の親分が――。

そう、海賊、ジョン＝シルバー。

だからあんな夢を見たのか……。

お宝を見つけてしずかちゃんに指輪を渡したところまでは格好よかった。なのに次の瞬間、そこにでっかいばけものが現れて、「バ、バケモノー！」とさけぼうとしたらまちがえた。それでジャイアンのグリグリだ。まだズキズキする。

出木杉くんがみんなの方を向いて、話の続きをはじめた。

「それでね、ぼくは今、この『宝島』を題材にして、現代に海賊が現れるっていう小説を書いているんだ」

みんなが目を丸くする。

「へえ！」

「すてき！　できあがったら読ませてね！」

スネ夫とジャイアンが感心したみたいな声を上げて、しずかちゃんが目をキラキラ輝かせている。おもしろくない。

「ねえ」

声をかけたのに誰もこっちを向いてくれない。

スネ夫が言う。

「ぼくも小説に出してよ！」

ジャイアンが続く。

「あ。ずるいぞ。おれは主役な！」

「わたしもお願い！」

しずかちゃんまで。

出木杉くんがみんなに囲まれている。ますますおもしろくない。

「ねえったら！」

じだんだ踏んだらようやくみんながこっちを見てくれた。さっきの夢の余韻が残っている。大海原。恐ろしい海賊たち。それに金銀財宝が隠された、まだ誰も知らない無人島――。

大きく腕を広げる。そのままみんなに言った。

「小説なんかじゃつまらないよ！　ぼくらも、本物の宝島に行こうよ！」

ジャイアンとスネ夫がぽっかりと口を開けた。しずかちゃんが何だか困ったような顔をしている。のび太は土管の上に駆けあがった。「どこまでも青い海！」

木の枝を折ってそれを剣にする。「水平線のかなたには、やがて小さな無人島が！」

枝を振りかぶったまま、「やあっ」と声を上げて土管から飛び降りた。

「海賊たちをやっつけて、宝を求めて大冒険！」

しずかちゃんに駆け寄る。そのまましずかちゃんの手をとった。

「ねえねえ。しずかちゃんも行くでしょ？」

しずかちゃんが何も言ってくれない。ますます困ったような顔をしている。

何だか妙に静かだから、しずかちゃんの手をとったまま振り返ってみた。

「どうしたの？　みんな」

「ギャハハハハ！」

ジャイアンとスネ夫がお腹を抱えて笑っていた。とたんに顔が真っ赤になる。

「どうして笑うのさ！」

「さすがはのび太だ！　ギャハハハハ！」

スネ夫がくねくね体をよじらせながら近づいてきた。

「の・び・ちゃあーん。まさか、ほんとに宝島なんてあると思ってるのぉ？」

「き、きっとあるよ！　世界は広いんだから！」

今度はジャイアンに言われた。

「そんなもんがあるなら、もうとっくに見つかってるっつーの！」

助けを求める目で出木杉くんを見た。

「そんなことないよね。ねえ、出木杉くん、宝島はどこかにあるんだよね。だって、その本に書いてあるんだもの！」

「残念だけど野比くん……。海賊が宝をどこかに隠したってお話は、ほとんどが後世に作られた作り話なんだよ」

「ええー。そんなぁ……」

へなへなとその場に座り込んだ。

「ギャハハハ！　そんなの、幼稚園の子だってわかってるぜ！」

唇をかむ。肩をいからせる。

「でも……、でも、ぼくは……！」

しずかちゃんが隣にやってきて言ってくれた。

「みんなやめなさいよ。のび太さんだって、きっと冗談で言ったのよ」

ぜんぜん冗談なんかじゃない。ぼくは本気なのに。

「ぼくは……」

顔を上げた。目をつむって空に向かってさけぶ。

「ぼくは、宝島を見つける！」

ジャイアンとスネ夫がピタリと笑うのをやめた。二人して顔をずいと近づけてくる。陰になったジャイアンの顔が迫ってくる。

「ようし言ったな。じゃあ、もし宝島が見つけられなかったら？」

のけ反ったまま言う。負けたくない。

「は……、鼻からカルボナーラを食べてやるよっ！」

ジャイアンのほっぺがふくらんで、「ぶふっ」と空気を吐き出した。スネ夫の笑い声もそれに混じる。

「ギャハハハハ！　ようし、約束だぞ。のび太！」


「ドラえもん、ドラえもん、ドラえもん……！」

全速力で走る。いつもの路地を抜けて角を曲がり、家をめざして走る。

ドアを開け、靴をとばして階段をかけ上がった。居間からママの声が「のび太！」と追いかけてくる。二階のドアノブをつかんでそれを回す。部屋の真ん中で、どら焼きを片手に持ったドラえもんがこっちを向いた。

「どうしたの？　のび太くん」

のび太はドラえもんに飛びつく。胸いっぱいにさけんだ。

「助けて。ドラえもーん！」

第一章

1

「まったくキミってやつは、いつもいつも……」

ドラえもんが部屋の中をうろうろしている。さっき、家まで走ってくる間に犬に追いかけられて転んで、ほっぺたを擦りむいてしまった。ほっぺにバンソウコウを貼ってもらって、その姿のまま「ねえ、ドラえもん。宝島を探す道具を出してよ」と言ったらお説教がはじまった。

「インターネットを使えば世界中くまなく見ることができるこの時代に、宝島なんて本当にあると思ってるの？」

本当にあると思っているからこうしてお願いしてるのに。

「キミはもう少し、現実ってものをだね……」

分が悪い感じだ。ようし。こんなときは……

「わかった……」

ドラえもんがきょとんとしている。のび太はそのまま立ち上がった。

「もう頼まないよ」

ドラえもんが立ち止まってのび太を見た。「あれれ？　どうしたののび太くん。どこに行くの？」

「……練習」

「練習って？」

「鼻から……、カルボナーラを食べる練習」

ドアの前でノブを握ったまま気配だけ探る。ドラえもんが、「のび太くん……？」と心配そうな声を出した。よしよし。

「いいんだ！　ドラえもんは心配しないで。ぼくは食べきってみせるよ。ドラえもんがいなくても、ちゃんと鼻からカルボナーラを……！」

ドラえもんから見えないように、ギュッとほっぺをつまんで目に涙を浮かべた。その涙を振り切るようにして廊下に飛び出す。

「のび太くん……？」

すごく心配そうなドラえもんの声。そのままサッと階段にしゃがんで身を隠した。こういう時、ドラえもんならきっと……！

「のび太くん！」

ドラえもんが部屋から飛び出してきた。もうポケットに手をつっこんでいる。

「キミにそんなこと、させられるもんか！」

さあ、くるぞくるぞ。

「宝探し地図ー！」

ポケットから道具が取り出されるのと同時に飛びついた。

「やっぱり！　ピッタリのがあるんじゃない！　ドラえもーん」

頬をすり寄せたらドラえもんがジトッとした目でこちらを見た。

「あれ……？　もしかしてさっきのって……」

「まあまあ。細かいことはいいじゃない。さあ、道具の説明、説明」

ドラえもんの背中を押して部屋に押し込む。ドラえもんが部屋の真ん中で地図を広げた。

ドラえもんに背中から抱きついたまま地図をのぞきこむ。「わあ。大きな地図だね」

「これはね、世界のどこかにあるかもしれない宝島を見つけることのできる地図なんだ。紙だけど、自由に動かしたり拡大したりできる」

「ねえねえ、どうやって探すの？」

「この針でつっついて探す」

ドラえもんがポケットからペンみたいなものを取り出した。ペンの先にすごく細い針がついている。

「ま、とは言っても、たぶん宝島なんてもう見つからないと思うけどね。なにしろ、一ミリでもずれたら反応しないんだから。せいぜいがんばって」

ドラえもんが部屋を出て行こうとする。のび太はとりあえず海の真ん中に針をつき立ててみた。

「えいっ」

その途端に地図が光り出した。ブワッと光の玉がふくらんで部屋中を包みこむ。

「わあ！ ドラえもーん！」

「ええっ⁉ まさか⁉」

ドラえもんと地図をのぞきこんだ。太平洋の真ん中、地図の真っ青な海のところに、宝箱のマークが浮き上がってピコピコと揺れていた。

ドラえもんが大きく口を開いている。

「こ、これは……！ でも、こんな太平洋の真ん中に島なんてなかったはずなのに……。あっ！」

いきなり地図をつかんでドラえもんが駆け出した。のび太は慌てて後を追う。

「どうしたのさ、ドラえもん⁉」

〈――お昼のニュースです。日本の南、太平洋沖で新しい島が誕生しているのが見つかりました〉

居間に飛び込む。パパとママがスイカを食べながらテレビを見ていた。テレビのニュースを見て、パパがのんびりと言っている。

「へえ。新しい島か」

なんだか嬉しそうだ。ママが続ける。「めずらしいこともあるものねえ」

〈――場所は、日本の南およそ八百キロメートルの沖合です。専門家は、地下のマグマの活動が活発化している影響ではないかと見て、今後調査を進める方針です〉

ドラえもんが宝探し地図を広げてテレビ画面にそれを重ねた。テレビに映っていた「新しい島」の位置と、宝探し地図の宝箱のマークがピタリと重なる。

二人して顔を見合わせた。

「やっぱり！　この新しい島が……」

声がそろった。

「宝島なんだ！」

パアッと世界が明るくなった。飛び跳ねたい気分だ。

「わあ！　誰も知らない宝島だよ！　ねえ、今すぐ！　今すぐ行こうよ！」

「うん！　行こう！　のび太くん！」

ドラえもんと手をとり合って喜んでいたら、パパがニコニコしながら言った。

「いいねえ、宝島かぁ。パパも子どもの頃は……」

「のびちゃん！　またそんな夢みたいなこと言って！」

パパの声はママの声にかき消された。ママが続ける。「夏休みの宿題はどうしたの⁉」

「ええー」

興醒めだ。宿題が大切なのはわかる。わかるけど、もっと大切なものがあるじゃない。今しかできないことがあるじゃないか。

「でも……！　宝島なんだよ？　誰も知らない宝島を見つけたんだ！」

「そういう遊びは宿題が終わってからになさいって言ってるの！」

「でもママ！」

ママがパパを向いた。短く言う。「パパからもなんとか言ってちょうだい！」

パパがギクリという顔をした。のび太はパパを見つめる。

「ねえパパ。パパならわかってくれるよね」

だって、パパは前に言ってくれたもの。パパも子どもの頃は宝探しや探検ごっこをして遊んだって。大切なのは勉強だけじゃないって。だからパパならきっと言ってくれるよね。「宝探し、いいじゃないか」って言ってくれるよね。

そうだよね。パパ。

パパがママをチラリと見た。ゴホンと一つ咳払いしてから言う。

「……まあ、そういうのは、宿題を片付けてからだな。のび太」

ものすごくがっかりした。パパがそんなことを言うなんて。パパならきっと、ぼくの気持ちをわかってくれるって思っていたのに。

「パパのばかっ」

言っていた。パパが立ち上がって顔を真っ赤にする。

「ばかとは何だ！　パパはのび太のことを思ってだな」

「もういいよっ！」

駆け出していた。そのままドアを飛び出す。

「待ってよ、のび太くん！」

ドラえもんが追いかけてくる。のび太は走った。悔しい。何だかすごく悔しかった。

涙がぽろぽろ落ちてしまう。

パパなら。

パパならわかってくれるって信じていたのに。

2

テレビはまだ報道を続けていた。

〈――次は、いま、世界各地で続いている異常気象についてのニュースです。オーストラリア、ケアンズでは、平年のこの時期より十度以上も低い気温が数日間に渡って続いており――〉

のび太のママは顔をくもらせる。

「まあ、いやねえ」

パパは椅子から半分腰を上げて、玄関の方を見ていた。すごい勢いで飛び出していった。

「のび太……」

*

「どこへ行くのさ、のび太くん」

ドラえもんが聞いてくる。でも振り返らない。決意は固いんだ。みんなにばかにされたって、パパやママに反対されたってかまうもんか。ぼくは見つけるんだ。たとえ一人だって、宝島を見つけてやるんだ。

「止めないで！　ぼくは宝島を見つけるんだ！」

「そんなこと言ったたって……」

「ぼくは決めたんだ！　たとえ一人だって、自分の力で金銀財宝を手に入れて、みんなを見返してやるんだって！」

そう言ったらドラえもんが黙りこんだ。はてな、と思った瞬間にバシリと背中を叩かれた。

「エライ！」

なにが？

「そうか……。キミもこうやって、少しずつ自立して立派な大人になっていくんだね。いつまでもボクに頼ってばかりのキミじゃあないってこと——」

「というわけで」

目尻に涙を浮かべているドラえもんに右手を差し出した。ドラえもんがきょとんとしている。

「なに？」

「もー。わかってるくせにぃ。ど・う・ぐ。宝島に行くための道具を出してよ」

「いま、〝一人でも〟って言ったばかりじゃないか！」

「ぼくが一人でそんなことできるわけないじゃないかー！」

思い切り泣きわめいたらドラえもんが「はあ」と大きなため息をついた。ものすごく残念そうな顔のままポケットに両手をつっこむ。

「じゃあ……、〝どこでもドア〟」

「――は、ちょっと便利すぎて気分乗らないなぁ」

ドラえもんにジトッとした目でにらまれた。

「じゃあ……、〝タケコプター〟！」

「うーん。もっとこう、〝冒険〟って感じのやつ、ないかなぁ」

「まったく……、キミってやつは」


青空の下、川沿いの広場で草野球のチームが歓声を上げている。

川辺の草原で、ペロリと舌を回しながら、ドラえもんがポケットから道具を出してくれた。

「組み立て帆船ー！」

まるでプラモデルみたいな四角い箱だ。すごくワクワクする。

「これはね、自分で組み立てて作る、宝探し用の船なんだ」

ドラえもんが言い終えるのと同時に飛びついた。「いいじゃない！　これこれ！」

さっそくフタを開けてみた。本当にプラモデルみたいだ。ランナーにつながった部品を持ち上げてみたら、よく見るとすごく小さく作られた本物の帆船だ。

「わー！　すごおい！」

「はい。のび太くん。ニッパーもあるよ」

「ありがとう！」

さっそく組み立てを始めた。ドラえもんが後ろからのぞきこんでくる。

「あ、のび太くん。そこはそうじゃなくて」

パキッと軽い音がした。細長い部品を持ち上げてみる。

「あ。マストにひびが入っちゃった。ま、いいか」

「…………」

今度はビキッと嫌な音がした。できかけの帆船を持ち上げて底のところをのぞいてみる。

「あ。底に小さな穴が開いちゃった。いいよね。これくらい」

「…………」

最後に残ったビークヘッドを取り付けた。「できた！」

できあがった船を高々と掲げようとしたら、さっき取り付けたマストが折れかかっている。慌ててそれを押さえた。「わわわっ。とりあえず応急処置しなきゃ！」

ほっぺに付けていたバンソウコウをはがして、折れかけたマストにぐるぐる巻いた。胸を張って鼻から息を吐き出す。

「これでよし！」

ドラえもんが頭をかいている。

「本当に大丈夫かなぁ……。じゃあ、その船を川に浮かべて」

「うん」

「あとは、この船をビッグライトで大きくすれば……」

「ちょっと待って！」

ドラえもんの顔の前に手のひらをつき立てた。「やっぱりしずかちゃんも誘ってくるよ」

ドラえもんの返事を待たずにポケットに手をつっこんだ。勝手にどこでもドアを引っぱり出す。

ドラえもんがあきれている。

「一人でも行ってやるんじゃなかったの？」

「いいの。しずかちゃんのところへ！」

ドアを開けたらドバッとあったかいお湯があふれ出てきた。のび太は頭からお湯をかぶる。湯気の向こうにお風呂に入っているしずかちゃんが見えた。瞬間に顔を真っ赤にして風呂おけを投げつけてくる。「キャア！　のび太さんのエッチ！」

後ろでスコンと音がした。どうやらドラえもんの頭におけがクリーンヒットしたらしい。

「わあ。ごめんねえ、しずかちゃあん」

背中側からドラえもんのつぶやきが聞こえる。

「ボクにもあやまってよ……。のび太くん」

「まったくもう……。準備はいい？」

ドラえもんに言われた。しずかちゃんと並んで「うん」とうなずく。

「ビッグライトー！」

川に浮かべたおもちゃの船が、光を浴びるとムクムクふくらんで巨大な帆船になった。川岸からピョンと飛び乗る。「わあ。すごいすごいすごーい！」

帆船の右舷に駆け寄った。川沿いの土手が見える。土手の上で、犬をつれた男の人が、突然現れた帆船にびっくりしている。しずかちゃんも隣にやってきた。

「わあ。これがのび太さんの船？」

「うん！」

「すてき！　すごいわ、のび太さん」

ドラえもんがいたずらっぽく笑っている。船の真ん中にある、太く大きなマストを見上げた。

マストの中ほどに、さっきぐるぐる巻いたバンソウコウが大きく見えている。

「まあ、マストが折れてたり、船底に穴が開いてたりするけど……」

のび太は大きく胸を広げた。空を抱くみたいにして言う。

「でも……！　これがぼくらの船、ノビタオーラ号さ！」

「ノビタオーラ？」

「宝島風につけたの。いいでしょ！」

船尾楼に走った。そこには木でできた舵がある。船乗りが回す、輪の四方に取っ手がつき出した丸い舵だ。それを握る。前を向いて顔を上げた。

「いくぞ！　ノビタオーラ号！」

　メインセールに光が走った。マストの帆が風を受けて広がる。帆の真ん中に、赤く大きな「Ｎ」の文字が浮かび上がった。ドラえもんが言う。「ノビタオーラ号の『Ｎ』だよ」

　風が巨人の手になって帆船を押した。大きな帆船が、ぐ、ぐ、ぐうっと川面を割って進みだす。川面が夏の太陽を反射して、砂金でもまいたみたいにキラキラしている。風を切る。頬が涼しい。しずかちゃんのおさげ髪がなびいている。ドラえもんが「うふふ」と笑っている。

　のび太はさけんだ。

「発進！」

第二章

1

いつの間にか、風のにおいが変わっていた。胸いっぱいに吸い込んでみる。

潮の香り。海のにおいだ。

「見て見てドラえもん！　海が見えてきたよ！」

船べりから身を乗り出す。さあ、ついにやってきたぞ。緑色の海。黄色い太陽！　ここには大冒険の待ち受けるカリブの海が――。

広がっていない。

きょろきょろする。

「ねえドラえもん。海賊船や無人島は？」

屋形船らしき船がぷかぷかしていて、そこから演歌が聞こえてくる。こちらの帆船を指差して、

「おーい。おいちゃんたちも乗せてくれー」なんて酔っ払いたちが言っている。

「なんか……、気分がでないなぁ……」

ドラえもんがあきれている。「もう。気分気分って……。しかたないなぁ」

ポケットから道具を取り出した。「なりきりキャプテンハットー！」

カリブの海で船長がかぶっているような真っ赤なキャプテンハットだ。思わず目がキラキラしてしまう。「わあ。何それ！」

「これはね……」

ドラえもんがキャプテンハットを頭に載せた。しずかちゃんも隣にやってきて興味深そうにドラえもんを見ている。ドラえもんの大きな頭に合わせてキャプテンハットがギュッと広がった。

「こうしてかぶると、ほら！」

パアッと白い光が辺りを包み込んだ。まぶしくて目をつむる。目を開いたら、あたりは様変わりしていた。ドラえもんが「うふふ」と笑っている。金のラインが入った真っ赤なジャケットにキャプテンハット。まさしく船長の格好だ。「わあ！　ドラえもん、その格好……!?」

「のび太くん、しずかちゃんを見てごらん」

隣を向く。しずかちゃんもこっちを見ていた。目を丸くする。しずかちゃんの頭に小さなキャップが載っている。着ている服はいつの間にかセーラーだ。「あっ！　しずかちゃんも……！」

しずかちゃんが言った。「のび太さんも！」

二人して目を輝かせる。いつの間にか船乗りが着るマリンルックに変わっている。ドラえもんが言った。「服だけじゃないよ。まわりも見てごらん」

「わあ！　すごい！」

深い青だった海の色がエメラルドグリーンに変わっていた。風もちがう。太陽の光まで透明になったみたいだ。屋形船があった場所には大きな帆船が浮かんでいた。振り返れば大きな港と港町が見える。埠頭で船乗りたちが積み荷のタルを運んでいる。ウミネコがニャアニャア鳴いている。帆船の甲板で陽気な船乗りが木のコップを片手に踊っている。音楽まで聞こえてきた。思わず踊りだしたくなるような楽しい音楽だ。においもする。南国の風と焼けた砂のにおい。その隙間にジューシーな肉と果実の香りがまざっている。

「どうなってるの、これ⁉」

「この〝なりきりキャプテンハット〟をかぶると、見えるもの全部がカリブの海に大変身するんだ。同じ船に乗っている人全員に効果があるよ」

「すごい！」

ドラえもんがスプレーのようなものをのび太としずかちゃんに吹きかけた。「この〝コスチューム定着スプレー〟をかければ、キャプテンハットの効果が消えても衣装をこのままにしておける」

「わあー」

海を見渡す。しずかちゃんが眩しそうに目を細めて水平線を見ている。いい。すごくいい。

「その上……」

ドラえもんが急にニヤリと笑った。のび太にまん丸の手を突き付けてくる。その途端にビシッと背筋が伸びた。直立不動の姿勢になって、ひとりでに大声でさけんでいた。「アイアイサー！」

頭の中が「？」になる。「あれれ？　なにこれ？」

ドラえもんがいたずらっぽく笑っている。

「船長の命令は絶対！　こんなふうに、キャプテンハットをかぶった人と目が合うと、その人は、船長の命令に逆らえなくなるんだ」

＊

「スネ夫！　急げ！　早くしないと誰かに先を越されちゃうだろ！」

「そんなこと言ったって……。こんなイカダで太平洋の真ん中まで行くなんて無茶だよぉ」

「うるせえ！　おれたちが、新しくできた島に最初に上陸するんだ！」

何だか妙な話が聞こえてきたから海をのぞいてみたら、湾の入り口のところに小さな木船が浮かんでいた。それに二人が乗ってオールで必死に水をかいている。思わず大声を上げてしまった。

「あっ！　ジャイアンとスネ夫だ！」

「ええっ⁉　まさか？」

　ドラえもんが駆け寄ってきた。隣から身を乗り出して木船を見て、ものすごく残念そうな顔をして言う。「二人とも、何やってるの……？」

「あっ！　のび太！　それにドラえもん！」

　指差して笑ってしまう。「あはは。まさか、その小さい船で新しい島まで行くつもりなの？」

「なんだその船⁉　こら、待てー！」

「へへーん。お先にー！」

　ジャイアンとスネ夫の小さな船をからかっていたら、背中で「バサッ」と何かがふくらむ音がした。振り返るとノビタオーラ号の帆が風を受けて、どうどうと大きくふくらんでいた。嬉しくなって大声を出す。

「行け！　ノビタオーラ号！　全速前進だ！」

　バキッと音がした。構わずに笑い続ける。「あっはっは！　追いつけるもんなら追いついてみなよ！」

　急に目の前が真っ白になった。「わあっ！」

　慌ててジタバタもがいたけど抜け出せない。必死に這い出してみたら、体に乗っかっていたのはメインマストの帆だった。マストがバンソウコウのところでポッキリ折れて、それが頭の上に落ちてきたのだ。

　声が聞こえる。

「よし！　スネ夫！　このマストを伝って船に乗り込むぞ！」

「うん！　わかった！」

「わわわっ！　まだ乗っていいなんて言ってないよ！」

「構うもんか！　この船はおれさまがジャックした！」

ジャイアンとスネ夫が甲板に飛び乗ってきた。同時にキャプテンハットの効果で海賊ルックに早変わりする。「おっ!?　こりゃいいや！」

「わあっ！　助けてドラえもーん！」

ドラえもんがジトッとした目でこっちを見ていた。「はあ……」とため息まで聞こえてきた。

「結局いつもこうなるんだよねえ……」

*

「宝島だって!?」

ジャイアンがジュースを吹き出した。のび太は慌てて飛び退る。「わあ！　きたない！」

キャプテンハットの効果でジャイアンの頭には水牛のドクロが載っている。二人にコスチューム定着スプレーをかけて、キャプテンハットの説明をしていたら、いつの間にか甲板にみんなの輪ができていた。輪の中心でドラえもんが地図を広げる。

「まさか……、ほんとうにそんなものがあるなんて……！」

スネ夫がゴクリと喉を鳴らした。スネ夫の頭にはゴーグル。空みたいに青いシャツを着ている。ドラえもんが右手で〝宝探し地図〟を示した。ピコンピコンと宝箱のマークが揺れている。

「それが本当なんだ。この宝探し地図が場所を示してるからまちがいない！」

スネ夫がつぶやく。「金銀財宝……！」

ジャイアンが鼻をふくらませた。「大金持ちだ！」

のび太は大きく息を吸い込んだ。今度は夢じゃない。ほんとうに宝島はあるんだ。誰も知らない、誰も行ったことのない場所があるんだ。大冒険が待っているんだ。

大きく腕を広げた。

「みんなで宝島へ行こうよ！　この水平線の向こうにある、宝を見つけに！」

船長の格好をしたドラえもんがどうどうと言った。

「みんな、準備はいい？」

しずかちゃんが答える。「ええ！」

ジャイアンが胸を張る。「まかせろ！」

スネ夫がそれに続いた。「ボクちゃんも！」

ドラえもんが大海原を指し示した。

「針路、南南西！　追い風良好！　宝島へ向けて！　出発進行！」

みんなで声をそろえた。

「アイアイサー！」

これはキャプテンハットの効果なんかじゃない。ぼくらの想いは一つ、宝島を見つけるんだ。行こう。誰も行ったことのない宝島へ！

2

夢みたいだ。

「みんな、宝島まではまだだいぶあるから、しばらく遊んでおいでよ」

ドラえもんが言ってくれた。

「でもドラえもん。船の操縦とか、大丈夫なの？」

「うん。ミニドラたちに任せておくから大丈夫」

見ると、ボーダーの柄になった赤いミニドラがエッホエッホとタルを運んでいる。頭にはすごく小さなマリンキャップを載っけている。一人通り過ぎたと思ったら、今度は黄色いミニドラがマストに駆け登って行くのが見えた。

「あれれ？　ミニドラが二人いる⁉」

「うん。〝フエルミラー〟で増やしたんだよ。船の上ではたくさん仕事があるからね」

「何人いるの？」

「七人。赤、オレンジ、黄、緑、水色、ピンク、紫で七人」

「じゃあ安心して遊べるね！」

言い終えるのと同時に、バシャンという水音が聞こえてきた。船べりからのぞいてみると、もうジャイアンとスネ夫が海に飛び込んで泳ぎ回っている。しずかちゃんも浮輪につかまって楽しそうだ。「わあ！　ぼくも！」と思ったけど踏みとどまった。よく考えたらぼくは泳げない。

「のび太くんも行きなよ」

ドラえもんがポンと背中を押した。「え？　え？　え？　ええー⁉」

そのまま海に落ちる。ギュッと目をつぶったら、柔らかな感触がして、次の瞬間には空にいた。

空中でぱちくりとまたたく。

「〝海上トランポリンスプレー〟だよ。海がトランポリンみたいになるからのび太くんでも大丈夫」

思い切り遊んだ。心と体がはちきれそうになるほど全力で遊んだ。

「ウオライダー！」

ドラえもんが、まるで翼みたいな長いむねびれのついた、細長い形の水上バイクを出してくれた。頭のすぐ下に一人乗りの運転席がある。

「わあ！　魚の形をした水上バイクなんだね！　トビウオみたい！」

ジャイアンが腕を振り上げた。大声で言う。

「あっ！　ずるいぞのび太！　おれにもよこせ！」

ドラえもんが笑っている。

「みんなの分あるから大丈夫。ジャイアンとスネ夫にはこっち。〝サメライダー〟！」

今度はサメみたいな形をした二人乗りの水上バイクだ。ジャイアンが鼻息を荒くしている。

「おお！　まさにおれさまのための乗り物だ！」

ウオライダーに乗って、しずかちゃんと並んで海の上を走った。本物のトビウオがぼくらのまわりを飛んでいる。ジャイアンとスネ夫がサメに乗って追いかけてきた。「まてー！　のび太あ！」

「へへーん！　追いついてみなよ！」

笑いながらアクセルをふんだ。海面に小さな太陽をばらまいたみたいに水しぶきがキラキラしている。

隣を走っているしずかちゃんが右手を前に突き出した。

「見て！　のび太さん」

「なに？」

沖に黒々とした何かが見えたから近づいてみたら、大きいクジラだった。びっくりしてドラえもんを呼ぶ。

「ドラえもーん、おっきなクジラがいるよ！」

ドラえもんがポケットから道具を取り出して、タケコプターでクジラの前に飛んで行った。

「桃太郎印のきびだんごー！」

クジラの口の中にほうりこむ。途端にクジラがニュッと口を曲げて笑った。ドラえもんがクジラの頭に乗っかってのび太たちを呼んでいる。「おーい！　のび太くんたちもおいでよ！」

クジラと仲良しになって、クジラの背中をすべり台にして遊んだ。夏の太陽に焼かれながら、クジラの背中でみんなでジュースを飲んだ。肌がチリチリする。カラカラの喉に冷たいジュースが流れ込む。汗が流れる。それがすぐに乾く。ほっぺたがしょっぱい。しずかちゃんが笑っている。ジャイアンとスネ夫が映画スターの夏休みみたいにクジラの背中に横たわっている。ドラえもんが、「ほら」と言うからそっちを見たら、クジラが空に向かって高く高く潮を噴き上げていた。空を渡るみたいに七色の虹がかかった。

ノビタオーラ号に戻ってみんなで釣りをした。夕食は、釣った魚でバーベキューだ。夜になると、空にたくさんの星が浮かんだ。浮かんだ星が海面に映って、海も空も星になってすごくきれいだった。波は凪いでいた。みんなの声以外は、波の音しか聞こえてこない。

遊び疲れてみんなが静かになった頃、ドラえもんがのび太を船べりに呼び寄せて、キラキラ光る小さなビンを見せてくれた。

「なあに、これ?」

「これはね、〝蛍光方向クラゲの種〟。こうして海にまくと……」

ドラえもんの手からキラキラした粉が海に落ちて行く。それが波に運ばれて、ゆらゆら揺れながら色とりどりの光の道を作っていく。「わあ……。天の川みたい」

「このクラゲはね、こうして目的地への道を示してくれるんだ」

船尾楼のドアが開いてしずかちゃんが出てきた。さっきまでお風呂に入っていたみたいでほっぺを赤くしている。「しずかちゃんもおいでよ! すごくきれいだよ!」

しずかちゃんが気持ちよさそうに海風に吹かれている。ドラえもんがやさしく言ってくれた。

「みんなの家にはキャンプに行くって連絡しておいたから、今日はゆっくり寝て、明日に備えよう」

「うん。ありがとう、ドラえもん」

すごく楽しい一日だった。今日はもうおしまい、また明日。そう思ったら急に眠くなった。ふわあと大きなあくびをしながらしずかちゃんを振り返る。

「しずかちゃんも、もう寝ようよ」

「うん。もう少しだけ」

「ふわあ……。じゃあ、お先に。おやすみ」

さっき海にまいたはずの蛍光方向クラゲが一匹、しずかちゃんの足元にピョコピョコ揺れていた。どうやら海に入りそびれたみたいだ。しずかちゃんがそれを拾い上げて、顔の前に持って行った。

話しかけてる。

「どうしたの？　あなた、ひょっとして海がこわいの？」

黄色いクラゲがしずかちゃんの手のひらの上でプルンと揺れた。うなずいたみたいだ。

「ふふ。しょうがないわね。じゃあ、勇気が出るまでわたしといっしょにいる？」

またプルンと揺れた。嬉しそうだ。

ふわあとあくびをする。ドアをくぐる。

「しずかちゃんは、やっぱりやさしいなぁ……」

*

水平線の向こう。遠くの空がかすんで見えた。

歯ブラシをくわえたままのび太は甲板に上がる。ねぼけまなこをこすってふわあと大きくあくびする。よく眠れた。やっぱりぐっすり眠るのってしあわせだなぁ……。

そんなことを思いながら大きく伸びをしたら、霞の向こうに何か見えた。ちらりとしか見えなかったけど、何かある。目を凝らした。そしたら今度ははっきりと見えた。

途端に眠気が吹き飛んだ。胸がわくわくして止まらない。

大声でみんなを呼び寄せた。

「みんなぁ！　島が見えたよ！　宝島に着いたんだ！」

みんなそろって甲板から身を乗り出して宝島を眺めた。

ジャイアンが「うおお！」と興奮した声をあげている。スネ夫の目も輝いてる。しずかちゃんも嬉しそう。第一発見者ののび太は鼻高々だ。隣のドラえもんに胸を張ってみせる。

「どう？　ぼくが最初に見つけたんだよ！」

「うん。さすがのび太くんだね」

嬉しくなる。ドラえもんと島を眺めていたら、海の向こうに小さな黒いものが見えてきた。

「ん？　何かこっちにくるよ。人が乗ってるみたいだけど……」

昨日、みんなで乗って遊んだウオライダーみたいな水上バイクが、水しぶきを上げて近づいてきていた。バイクの頭のところが大きく口を開けたフナみたいなデザインになっている。フナの口の上にいくつも人の頭が見えた。大きな動物の頭がい骨みたいな仮面をかぶっている。それが何台もある。

「ねえ。もしかしてあれ……、海賊なんじゃないの？」

ドラえもんがニコニコしたまま答えた。「ばかだなぁのび太くんは。現代に海賊なんているわけないじゃないか」

「だけど……、ほら、近づいてきたよ！」

「だからぁ、これはキャプテンハットの力が見せてるまぼろしなんだよ。昨日だって、ジャイアンとスネ夫が海賊姿に見えたでしょ？　きっと、どこかの海洋調査団とかそういうのだよ」

「けど……！　うわあ！　ぼくらの船に何か打ち込んできたよ！」

「ははあ。さすがはキャプテンハットの効果だね。迫真の演出だ」

「わ・わ・わ！　乗り込んできたよ！」

ノビタオーラ号に打ち込んだくさびを伝って何人も船に乗り込んでくる。先頭に立っているのは黒いつまみ帽に黒いロングコート姿の体の大きな男だった。ニヤリと口元をゆがめている。そのすぐ後に髪の毛をツンと尖らせた女性が乗り込んできた。細身ですごくしまった体をしている。胸にはさらしを巻いて、長く真っ赤な腰巻が海風にはためいている。その女が腰のホルダーからスラリと何かを引き抜いた。その何かに朝日が当たってギラリと光る。

「ド・ド・ド・ドラえもん……！」

続いて、水牛の頭がい骨みたいなマスクをかぶった男たちがわらわらと乗り込んできた。みんな、その手に光るものを握っている。

「みんな、手に刀を持ってるんだけど……！」

「だーかーらー、キャプテンハットのまぼろしだって。こうすればホラ」

ドラえもんがハットを脱いだ。ニコニコしたまま赤い腰巻の女性に話しかける。

「こんにちは。ボク、ドラえ……」

ドラえもんの頬に光るナイフがピタリと当てられた。ドラえもんの顔中に汗がしたたる。

「あれ……？　消えない」

ドラえもんのほっぺにナイフがピタピタ当たっている。女性が言った。冷たい声だ。

「こりゃなんだい。気張って出てきてみりゃ、ガキとタヌキとはね」

黒いコートの男が続けた。

「関係ねえよ。まだ見つかるわけにはいかねえんだ。どっちにしろ始末しねえと」

ドラえもんがこっちを見た。目がぐるんぐるんしている。

「ほ……！　本物だぁあ！」

「だから言ったのにぃい！」

ドラえもんが駆け寄ってくる。のび太たちは船尾楼のドアの前に固まった。ジャイアンが声を震わせてさけんだ。「お前ら、いったい何者だ！」

ロングコートの男が応じた。「おれたち？　おれたちはなぁ」

顔をクイと上げた。つまみ帽の下に男の大きな鼻とあごひげが見えた。唇を曲げて笑っている。

「世界一の海賊だぁ！」

言い終えると同時に男がロングコートのポケットから両腕を抜き出した。その手に拳銃が握られている。「お前ら、かかれ！　こいつらを海の藻屑に――――！」

腰巻の女性がさけんだ。「コラ、ガガ！　アンタ、船長に海賊だってことは言うなって言われてたでしょ！」

「あっ！　そうだった。ごめん、ビビちゃん！」

「まったく！　アンタは口が軽いんだから気をつけろって言うのに……！　お前たち、やっちまいな！」

ドクロをかぶった男たちが飛び掛かってくる。ドラえもんが大慌てでポケットを探っている。

「なんかないかなんかないかなんかないか……！」

ドラえもんがのび太に細長い棒を投げてよこした。

「のび太くん、これを！」

「ええっ⁉」

受け取ってドラえもんを見る。

「〝名刀電光丸〟だよ！」

刀の柄の部分が青く光った。同時にグイと体を引っ張られる。「わわっ！　体が勝手に！」

刀がのび太を引っ張る。ドクロの男が振り下ろした刀を電光丸が自動で受け止めた。顔の前数センチくらいのところでだ。火花が散って頭がクラクラする。信じられない。手加減なしで本物の刀を振り下ろしてきた。

やっぱりこいつら、本物の海賊なんだ……！

「ジャイアンはこれを！」

ドラえもんがジャイアンに手袋のようなものを投げて渡した。「〝スーパー手ぶくろ〟！　何倍も力が出せるよ！」ジャイアンが「おう！」とそれを受け取る。「しずかちゃんはこれ！　身を守って！」

　赤い布をしずかちゃんが受け取ってのび太たちの前にサッと歩み出た。何人もの海賊がしずかちゃん目がけて飛び掛かってくる。しずかちゃんが目を閉じて布を振る。「ひらりマント！」

　その瞬間に、海賊たちの体の向きがまるっきり反対になった。勢いのまま船の側壁にぶつかる。

「おりゃあ！」

　ジャイアンが巨大なタルを軽々と持ち上げてそれを海賊たちに放り投げた。タルが砕けて海賊が「うおっ！」と悲鳴を上げる。ビビと呼ばれていた腰巻の女性がさけんでいる。

「何やってるんだお前たち！　相手はガキとタヌキだよ！」

「でもこいつら、妙な道具を使うぜ」

「チッ！　まさかこいつらも未来人か？」

　妙な会話が聞こえた。電光丸がピカッと光ってグイと引っ張られる。すんでのところで海賊の刀をかわした。今度は頭上で「ボン」と爆発音が聞こえた。顔を上げると、マストの上で海賊の一人が顔と体を煤だらけにしていた。ドラえもんがのび太に耳打ちする。

「スネ夫には〝透明マント〟を渡したんだ。姿を消して、こけおどし爆弾で海賊たちをおどかしてる」

「でもドラえもん、どうしよう!?」

「海賊たちの言いなりになんてなってたまるもんか！」

ポケットから出てきたドラえもんの右手には大きな筒がはまっていた。「空気砲！」

大きく息を吸い込む。さけんだ。

「ドカーン！」

空気砲から猛烈な勢いで空気のかたまりが発射された。それがビビに迫る。ビビが腰から大きな刀をスラリと引き抜いた。落ち着きはらっている。刀を振り抜く。発射された空気のかたまりが、ありえないことに真っ二つになった。ビビの背後で二つに割れた空気がはじけ飛ぶ。

ドラえもんが目を丸くしている。

「く……、空気を切った!?」

思わず立ちすくんでしまう。こんなのってアリ？　いったいどうしたら……！

「おうりゃああ！」

ジャイアンの声が聞こえて、頭の上を大きなタルが飛び越えていった。ガガという男にタルが迫る。ガガもまるで慌てていなかった。ガガの頭の上でタルが粉々に砕け散った。何も見えなかった。ガガの両手の拳銃が煙を吹いていたからわかった。見えない一瞬の間に拳銃を引き抜いて、何発も撃ってタルを粉々にしたんだ。信じられないくらいの早撃ちだ。

「そこに隠れてるガキも出てこい」

銃が何もない空間に向けられた。と思ったら、そこからハラリと布がめくれて、その向こうにスネ夫が現れた。透明マントで姿を消していたのに見抜かれたのだ。

拳銃の煙を吹き消しながら、ガガがこっちに近づいてくる。

「……冒険ごっこはもうおしまいだ」

その瞬間、船が大きく揺れた。のび太は船べりにつかまる。ジャイアンが甲板を転がっていた。

ガガとビビがバッと振り返った。島の方を見る。

「なんだ!?」

目を疑った。のび太たちの目指していた宝島が、いつの間にか姿を変えていたのだ。島全体が地鳴りを上げて大きく揺れている。半透明のドームにおおわれて、そのドームの表面が複雑な幾何学模様にキラキラ光っていた。島が揺れて海が渦を巻いている。ビビがさけんだ。

「なんだい！　もう出発する気かい？」

ガガが応じている。「早いな。どうするビビちゃん？」

「どうするもこうするもないだろ。船に戻るよ！　急ぐんだ、お前たち！」

すさまじい揺れだ。とても立っていられない。ドラえもんがさけんだ。「見て！　島が、沈んでいく……！」

半透明のドームに包まれた宝島が、巨大な渦に飲み込まれるようにして海の底に沈みはじめていた。あまりに巨大なものが沈んでいるせいで、海面がせり上がっていくみたいに見える。ビビとガガが走り出した。「急げ！」

ドクロをかぶった海賊たちも後に続く。ノビタオーラ号に乗り込むときに使ったフナの形の水上バイクに次々飛び乗っていく。「船が出発する。乗り遅れるぞ！」

ビビが走る先にしずかちゃんの姿が見えた。しずかちゃんが怯えている。海賊との戦いの最中に何かにぶつけたのかもしれない。おさげ髪がほどけてストレートヘアになっていた。その髪を揺らしてビビから逃れようとする。

ビビがしずかちゃんの前で足を止めた。「セーラ？」

しずかちゃんが怯えた目を上げた。「えっ？」

「セーラじゃないか！　なんだい、アンタまで来ちまったのかい？　さあ、早く乗りな。船に戻るよ！」

ビビがしずかちゃんの腕をつかんだ。しずかちゃんがその手を振りほどこうとする。

「どうしたんだいセーラ？　さっさとしないと乗り遅れちまうんだ！　いいから来な！」

ビビの肩に担ぎあげられた。そのまま小型艇に飛び降りる。「助けて！　のび太さぁん！」

しずかちゃんの悲鳴が聞こえた。のび太は走る。走ってそのまま海を見た。ビビとガガの乗った小型艇が、沈みかけている宝島に向かって走り出したところだった。「しずかちゃん！」そのまま海に飛び込もうとしたら後ろから止められた。

「タケコプター！」

ドラえもんだった。頭にタケコプターをつけてドラえもんといっしょにしずかちゃんを追いかける。ビビたちの小型艇はもう半分海に沈んでいた。潜水艦モードに移行するためだろう、乗員席を透明のフードがおおいかけていた。その隙間からしずかちゃんの声が聞こえる。

「のび太さん！　ドラちゃん！」

「しずかちゃああん！」

手を伸ばす。行かせるものか。しずかちゃんを助けるんだ。ぼくは……、しずかちゃんを！

ダァン
体のすぐ隣を金属の塊が通り抜けていった。運転席のガガが腕を伸ばしてのび太とドラえもんを撃ってきたのだ。ドラえもんがさけんだ。「大丈夫⁉　のび太くん⁉」

「しずかちゃあん！」

構わずにつっこむ。小型艇はもうフードを閉じて、透明なガラスの向こうでしずかちゃんが大きく口を開けて何かさけんでいた。内側からガラスを叩いている。心が破裂しそうだ。しずかちゃんの顔がゆがんだ。小型艇が完全に水中に沈んだからだ。のび太は飛び込む。手を伸ばしたまま海の中に飛び込んだ。後ろでドラえもんがさけんでいる。「のび太くん！　無茶だ！」

小型艇の尾翼をつかんだ。息を吐き出したらボコッとそれが丸くなった。タケコプターが悲鳴を上げている。のび太の手の先にはしずかちゃんがいる。こっちを見て必死に何かをさけんでいる。

しずかちゃんの口の動きが見える。「もう」声が聞こえるようだ。「やめて」さけんだ。水の中で声になんてならないけど、さけばずにいられなかった。

「イヤだ！」

意識が遠のく。目がかすんで腕から力が抜けて行く。消えかけた視界の先に、しずかちゃんを乗せた小型艇が遠のいていくのが見えた。しずかちゃんはまだガラスを叩いている。こわがってる。きっとぼくに言ってる。助けてって言ってる。

もう何も見えない。

タケコプターに引っ張られ、体が海面に近づいていく。

気絶する前に思った。

しずかちゃん。きっと……、助けるからね。

目が覚めたのはソファの上だった。

うっすらと目を開けると、すぐそこにドラえもんの心配そうな顔があった。抱きつかれた。

「のび太くん！」

何度も目をまたたく。急には思い出せなかった。ええと……、何がどうなったんだっけ……。

思い出した。ガバリと体を起こす。

「しずかちゃんは⁉」

ドラえもんが首を横に振った。

「追いつけなかったんだ。のび太くんだけが海面に浮かんできて……」

「そんな……」

首を回す。心配そうなドラえもんの向こうに、やっぱり心配そうな顔のスネ夫と、強がってそっぽを向いているジャイアンが見えた。さらにその向こう、窓に近いソファのところに知らない少年が座っていた。くちびるを真一文字に結んでこっちをじっと見ている。少年の右肩に、とてもカラフルなオウムがとまっていた。

ドラえもんにたずねた。

「ねえ、ドラえもん。その子は？」

ドラえもんが少年を振り返った。

「うん。さっきの騒動で逃げ遅れたみたいなんだ。海面に投げ出されていたところを助けたんだけど……」

少年がボソリと口の中でつぶやいた。

「……逃げ遅れたわけじゃない。ぼくは自分から船を出たんだ」

ジャイアンが少年の首根っこをつかんでねじりあげた。

「おいお前！　あいつらの仲間だろ!?　あいつらはどこに逃げたんだ！」

少年はジャイアンと目を合わさない。ジャイアンの声がますます大きくなった。

「答えろ！　あの島はいったい何なんだ!?　宝島には、いったい何があるんだ!?」

少年の目がジャイアンを向いた。とても澄んだ青い瞳と金色の短い髪をしている。少年がジャイアンの腕をつかんで引きはがした。鼻息を荒くしているジャイアンをひとにらみしてからドスンとソファに腰を落とす。

スネ夫が言った。

「さっきからずっとこの調子なんだ。さっきのやつらのことを聞き出したいんだけど、まともにしゃべってくれやしない」

のび太は少年を見る。青い目の少年ものび太を見ていた。

敵を見るような目。だけど何だか悲しそうな目だ。

「ねえキミ。キミの名前を教えてよ」

少年はじっとのび太を見た。答えてくれない。だけどのび太は待った。少年を見て、話してくれるのを待った。ジャイアンがしびれを切らす寸前に、少年の口が小さく動いた。

「……フロック」

のび太はほほえむ。

「フロックだね。ぼくはのび太。はじめまして」

フロックの代わりみたいにして、肩に乗っているオウムが「クイー！」と答えた。のび太は笑ってしまう。

「ねえフロック。さっきのあの船に、ぼくらの友だちのしずかちゃんが乗ってるんだ。あの船がどこに行ったか知らない？」

そうたずねたら、フロックの肩の上のオウムが飛び立って、のび太の頭のまわりをくるくる回り始めた。近くで見てみて気がついた。このオウム、オウムの形をしたロボットなんだ。

高い声でオウムが言った。

「千人乗りの船に九百九十九人乗ったら沈んでしまったナゾ。なぜナゾ？」

「わ！　しゃべった！」

パタパタ羽を上下させながら何度もくり返す。

「なぜナゾ？　なぜナゾ？」

とまどってしまう。オウムを指差しながらフロックにたずねた。

「ねえフロック。このオウム型のロボットはフロックのペットなの？」

「……コイツはクイズっていうんだ。言いたいことはみんなクイズで伝える」

「じゃあ今のもクイズ？」

とりあえず考えてみた。千人乗りなのに九百九十九人で沈んじゃうってことは……？

「ううん……。船が壊れてたから？」

「ブブー！　ダメダメ！」

クイズという名前のオウムにダメ出しされた。グサリと来る。

「ショック！　ダメって言われちゃった！　むずかしいよ……」

ドラえもんが「むむ」とつぶやいた後で、ポンと手を叩いた。

「わかった！　その船が潜水艦だったからだよ！」

「ピンポン！　ぽんぽこタヌキの大正解！」

「な……！　ボクはタヌキじゃない！」

クイズがドラえもんの頭のまわりを飛び回りながらくり返した。「タヌキじゃない！」

「むっ！　まねすんな！」

「まねすんな！」

「むきー！」

「んんっ！」

「んんんっ！」

「ねえフロックくん！　キミのペット、ちょっと失礼じゃない⁉」

「クイズはオウム型ロボットだからね。相手の言ったことをまねするんだ」

フロックが窓の前に立った。こっちに背中を向けて海を見ている。

「君たちも見たと思うけれど、あの島は島じゃない。巨大な船なんだ。いまは潜水艦に姿を変えて海の中を進んでいる」

「あの宝島が潜水艦⁉」

「ああ。彼らは、過去、現在、未来……、あらゆる時代を行き来している。彼らは——、時空海賊なんだ」

みんなの声がそろった。

「時空海賊⁉」

のび太は言う。「それってつまり、タイムマシンを使った海賊ってこと⁉」

「ああ。彼らは、自由自在に姿を変えられるあの船を使って、海底に眠る世界中の財宝をかき集めているんだ。過去や未来、あらゆる時代を行き来しながらね」

ドラえもんがゴクリとつばを飲みこんだ。

「そ……、そんなことが……」

のび太はたずねる。フロックは唇をかんだままだ。

「フロック……。君も、あの海賊船にいたんだよね」

「ああ。ぼくは、あの海賊船でメカニックとして働いていた。でも、さっきの混乱を利用して逃げ出してきたんだ」

「どうして？」

「あいつの……、シルバー船長の手助けをするなんて、もううんざりなんだ！」

ドラえもんがつぶやいた。

「シルバー船長……。『宝島』とおんなじだ」

「誰も、あいつには逆らえない。セーラが無事でいてくれればいいけれど」

のび太はたずねる。「セーラって？」

「妹さ。妹はまだ、シルバーの海賊船にいるんだ」

4

「なあ。この娘、ほんとにセーラか？　なーんかいつもと様子がちがうんだよなぁ」

「なに言ってんだ。どっからどう見てもセーラでしょうが」

しずかのすぐ耳元で二人の海賊が話している。さっきノビタオーラ号に乗り込んできた海賊のうちの二人だ。さっきまではドクロみたいな仮面をかぶっていたからどっちがどっちかわからなかったけれど、今は仮面を外して二人とも素顔になっている。長い髪で目が隠れて、前髪のすきまから丸っこい鼻だけがぴょこんと出ているのが「詩人」。太くてがっしり、ひげもじゃなのにくりくりかわいい目をしている方が「トマト」。さっきから、「詩人」の方が疑りぶかそうな目でしずかを見てくる。

「だってよう。セーラの髪ってこんなに黒かったか？」

トマトが笑いながら答える。

「イメチェンでしょイメチェン。詩人はさ、女心ってものがわかってないなあ」

「ああ？　お前がそれを言うかよ。鏡見てみろ、鏡」

しずかは口を開くことができなかった。こわくてたまらない。わけがわからないままにこんなところに連れてこられてしまった。

詩人があきれたようにつぶやいた。

「しかしよう。自分の部屋がわからなくて迷子になるとか、さすがに変だろ」

前を歩くトマトが振り返った。「だからお前は女心がわかってないんだよ。セーラはひさしぶりに外の世界に出たんだぞ。青い海と青い空、きれいな景色で胸がいっぱいになって、何もかもきれーいに忘れちゃう。そんなロマンチックな女心がわからないもんかねえ」

詩人がますますあきれている。「お前はホント、体と言葉がぎくしゃくしてるよなあ……」

トマトと詩人の話の切れ端をつないでようやくわかった。

──わたし、この船に乗っているはずの誰かとまちがわれているんだわ。

しずかは二人の海賊の目をぬすんであたりを見回した。すごく不思議な世界だった。船の中なのに信じられないほどに広い。床も廊下も壁だってなんだかキラキラしていて、見たことのない不思議な素材でできているみたいだ。海中に沈んでいるはずなのに、空気だってきれいに澄んでいる。ここに来るまでに大勢の人とすれちがった。海賊ばかりじゃなく、女の人や子どももいた。そこかしこにロボットもいて、荷物を運んだり子どもの相手をしたりしていた。海賊船の中だというのに、まるで町の中を歩いているみたいだった。

見上げると、海を透かして空が見える。透明のパネルのようなもので、海賊船の中の町全体がドームのようにおおわれているのだ。ここに来るまでにすごく大きな建物も見た。町の中心部にそびえる一本の柱のような巨大な塔だ。その塔を軸にするように町は円形に広がっているようだ。

――いったいどうなってるの、この船……？

トマトが立ち止まった。しずかはトマトの背中にぶつかりそうになる。

「ほら。着いたよセーラ」

「えっ？」

「セーラの部屋だよ。思い出した？」

「わたしの部屋……？」

「ちょっと疲れてるんだよセーラは。部屋でゆっくり休みな」

二人を見送って部屋の中に入った。ドアを閉じるのと同時にその場に座り込んだ。ものすごくドキドキした。だって、一歩まちがえれば、きっとひどい目にあわされていたはずだ。ペタリと床に座ったまま顔を手でおおった。

涙が湧いてくる。

――みんな……。わたし、どうなっちゃうの……？

止められない。このままだと泣き出してしまいそうだ。

「どうしよう……」

その瞬間にガチャリとドアが開いた。しずかはビクリと肩を震わせ振り返る。逃げる間もなかった。目と目が合ってしまう。

同時に声を上げた。

「えっ!?」

「ええっ!?」

鏡があるのかと思った。

「あなただれ!?」

「あなたこそ!?」

そこにいたのは、しずかとすごくそっくりな、金色の髪をした女の子だった。

＊

「クイズ、頼む」

フロックがそう言うと、クイズが羽と首を引っ込めた。まん丸のボールみたいに形を変える。

球になったクイズをフロックがひょいと投げてよこした。のび太は両手でそれを受け取る。

「それが妹のセーラだよ」

見ると、クイズの体が水晶玉みたいになって、そこに映像が浮かんでいた。それを見て「あっ！」とおどろく。

「しずかちゃんそっくり！」

ドラえもんと顔を見合わせた。「しずかちゃんは、セーラさんとまちがわれて連れて行かれたんだ！」

「じゃあ、いまごろセーラさんとはちあわせに!?」

「まずい！　そうなったらセーラさんじゃないって海賊たちにバレちゃうよ！」

ジャイアンがフロックに迫った。首元をねじりあげる。

「お前！　海賊船はどこにあるんだ!?　答えろ！」

フロックはくちびるをかんで無言でいる。

「早く答えろ！」

「……もう、はるか遠くに行ってしまっている。どこにいるのか、わからない」

「なんだと!?　お前、ふざけんなよ！」

「待って！　フロックをせめたってしかたないよ。どうやったら海賊船を見つけられるか考えなきゃ……！」

みんなで頭をひねった。みんなの頭の上をクイズがパタパタと飛び回る。高い声で鳴いた。

「温めてものびないチーズ。何ナゾ？　何ナゾ？」

「のびないチーズ？」

またクイズみたいだ。いっしょうけんめい考える。正直自信はないけど、思いついたことを言ってみた。「ええと……。はじめから粉になってるチーズ？」

「ブブー！」

ジャイアンが太い声で言った。「じゃあ古くなったチーズだ！」

「ブブー！」

スネ夫も続く。「ばかだなぁ。高級で硬いチーズって言ったらチェダーチーズだよ。ね！」

「ブブー！　ハズレ！」

ドラえもんがまた手を叩いた。「わかった！　言葉をのばさないんだよ。〝チーズ〟をのばさないから〝チズ〟。地図だ！」

「ピンポーン！」

「そうか！」

ドラえもんが目を輝かせた。ポケットから宝探し地図を取り出す。

「この地図は宝島の場所を示し続けている。海賊船が宝島なんだから、そこへ向かえばいいんだ！」

希望が出てきた。みんなで宝探し地図をのぞきこむ。

「……もう赤道を越えている。すごいスピードだ……！」

「ドラえもん！　今すぐどこでもドアで行こうよ！」

「いや。海賊船は水中にあるし、猛スピードで動いているからどこでもドアは使えないよ」

「じゃあ……、どうすれば！」

「船でおいかけよう！　この地図が示す場所まで、ノビタオーラ号で向かうんだ！」

ジャイアン、スネ夫、ドラえもんと顔を見合わせた。

声を合わせ、同時に腕を突き上げた。のび太たち四人をフロックが見ている。

「アイアイサー！」

*

あんまりそっくりすぎて、顔を見合わせたあとでお互いに吹き出してしまった。

「びっくり。鏡を見ているみたい」

「ほんと。おどろいちゃった」

やさしく手をとられた。にっこりほほえんでから女の子が言う。

「わたしはセーラっていうの。あなたの名前は？」

「わたしはしずか。わたし……、きっと、あなたにまちがえられたのね」

セーラが真面目な顔になった。「どうやら、そうみたいね」

「わたし……、もう帰れないのかしら」

手をぎゅっとにぎられた。

「そんなことない。きっとあなたの仲間たちが助けにきてくれるわ。わたし、さっきのあなたたちのことモニターで見てたの。みんな、すごく勇敢だったもの」

「でも、もし、セーラさんじゃないってみんなに知られたら……」

「わたしが何とかしてあげる。だからもう大丈夫。ひとりでこわかったでしょう？」

急に涙が湧いてきた。こわかった。すごく。

セーラの手があったかい。

「ありがとう。セーラ」

「ううん」

お腹の底があったかくなる。そしたらお腹がぐうと鳴った。顔が赤くなる。

「ふふ。しずか、もしかしてお腹空いてる？」

はずかしい。

「……うん。ほっとしたらお腹空いちゃった」

セーラが笑っている。

「わたしも。ねえ、しずか。フレンチトーストは好き？」

答えた。

「大好き！」

「よかった。わたしね、いま、この船の食堂ではたらいてるの。みんなの食べるパンはわたしが焼いてるのよ。大好評なんだから」

「セーラの手作りのパンなの？　楽しみ！」

「いっしょに作ろうか」

「うん！」

「明日、食堂のみんなにもしずかのこと紹介してあげるね。大丈夫。マリア亭の人たちはみんないい人だから。もし誰か何か言ったら、店長のマリアさんがガツンとやっつけてくれるから」

「うふふ。マリアさんって強いのね」

「うん。下手な海賊なんかより、ずっと強いの」

話しているとほっとする。手をとり合ってキッチンに向かった。

セーラの部屋のテーブルの上には、一輪のピンク色のコスモスの花が、かすかに揺れていた。

＊

「しずかちゃん……」

夜の海は暗い。船室の窓からは月と星だけしか見えない。

ジャイアンのいびきが聞こえてくる。スネ夫が寝言で「ママ……」とつぶやいた。

フロックはまだ眠らずに甲板に出ているみたいだ。ドラえもんがのび太の後ろにやってきた。

何も言わない。

「かならず助けに行くからね」

ドラえもんがのび太の隣に並んだ。窓から夜の海を見る。

この暗闇の向こうで、しずかちゃんがぼくらを待ってる。

＊

「スペシャルランチ、あと六つ追加！」

マリアさんが両手に山盛りの料理を掲げて、食堂を忙しそうに走り回っている。勇ましいタンクトップ姿で右目には眼帯。長い髪をキュッとポニーテールにしばっている。マリアさんが動くたびにポニーテールがゆれる。厨房から威勢のいい返事が返ってきた。「ハイよ！」

「マリアぁ！　おかわりまだかよ！　おれぁ一人前じゃぜんぜん足りねえんだよ！」

太っちょのお客が大声で言っている。マリアさんがぴしゃりと言い返した。

「だまりな！　まずは腹ペコのお客に料理を出す！　あたりまえじゃないか！」

しずかは厨房で働いていた。額に浮いた汗がたれそうだ。

「セーラ！　しずか！　フレンチトースト五枚追加！　頼んだよ！」

「わあ。フレンチトースト大人気ね！」

猛烈に忙しい。でも、ここちよい忙しさだ。

かまどの前に立つしずかにセーラが言う。「そのかまど、ものすごく熱いから気をつけてね」

「うん。わかった」

石窯の扉を開けると香ばしい香りが厨房を満たした。思わず胸いっぱいに吸い込みたくなる。

「わあ」

「うん。いい感じに焼けてる」

セーラが焼き立てのパンを取り出した。まだ湯気が立っている。

二人で焼き立てのパンを調理台まで運んだ。

「すごくおいしそう。セーラってすごいのね」

セーラが得意そうにウインクした。

「マリアさん直伝だもの」

「昨日のフレンチトーストもすごくおいしかった！」

「フレンチトーストはここの看板メニューだもの！　作り方はね、お母さんに教えてもらったの」

セーラがトーストにはちみつをぬる。しずかはその上にラズベリーのジャムを落としていく。

「セーラのお母さん、いまはどこにいるの？」

「うん。いないの。五年前に病気で死んじゃった」

「えっ……」

セーラが手を止めずに言った。

「気にしないで。お母さんはね、とっても有名な科学者だったのよ。毎日すごく忙しかったけど、たまに家に帰ってくると、必ずこのフレンチトーストを作ってくれたの。お兄ちゃんといっしょに、お母さんの作ってくれたフレンチトーストを食べるのが好きだった。お兄ちゃんね、お母さんに『もうダメ』って言われるまで、何回もお代わりするのよ」

その姿を思い浮かべて笑ってしまう。セーラのお兄さん。どんな人だろう。

「ねえセーラ。セーラのお兄さんもこの船に乗ってるんでしょう？」

「ううん。お兄ちゃんはこの船から出て行っちゃった」

「えっ。どうして？」

「お父さんとずっとうまくいっていなくて……。お兄ちゃん、いつかこの船から出て行くってずっと言ってたの。だから……」

「そう……。でも、こんなにかわいい妹を残して出て行っちゃうなんてひどいわ」

わざと怒ってみせた。セーラがクスリと笑う。

「そう。お兄ちゃんもお父さんもすごくガンコなの。意地っ張りで、ろくに話もしないで、何でも勝手に決めちゃって……」

「男の子って、どうしていつも意味のない意地を張るのかしら」

「そうね。ふふふ」

「鼻からカルボナーラを食べるとか言ったりするのよ。おかしいでしょう？」

「なにその人。おもしろい」

「うふふ。でしょ？」

厨房から元気な声が聞こえてきた。マリアさんだ。

「セーラ！　しずか！　おしゃべりも結構だけど、お客のお腹がグーグー鳴ってるよ！　フレンチトーストもう五枚追加！」

二人いっしょに答える。「はい！」

5

航海は順調だった。青い海の上をノビタオーラ号は滑るように進んでいく。

「クジラとイルカ、それにアシカをいっぺんにとる方法は何ナゾ？」

クイズのやつ、なんだかドラえもんにライバル心を燃やしているみたいだ。ドラえもんの頭のまわりをクルクル回って、さっきから立て続けにクイズを出してくる。ドラえもんが「むむむ」と頭をひねっている。

「わかった！　写真にとる！」

「ピンポン！」

間を置かずに次のクイズをぶつけてきた。

「三歳と四歳と五歳の子がいっせいにさけんだら何歳ナゾ？」

のび太は指を折って数える。ええと……、三と四と五だから……。

指が足りない。十一歳？　あれれ？　それとも十二歳？

「ううん……。そうか！　うるさいだ！」

はずかしい。指を折ったまま、真っ赤な顔でドラえもんに言う。

「ドラえもん、すごいや！」

フロックがクイズを応援している。「クイズ、負けるな！」

クイズがドラえもんの頭の上にとまった。「ちつてと、ちつてとロボット。何ナゾ？」

「ちつてと？　たちつてとじゃなくて？」

「たちつてとの〝た〟がない。つまり……。〝た〟抜きで、たぬきロボットだ！」

「ピンポン！」

「やったあ正解！　って、ボクはたぬきじゃない！」

ドラえもんが頭の上のクイズをつかまえようとバタバタしている。それを見てみんなで笑った。

フロックも笑っている。しずかちゃんを助けに行く大事な航海だけど、大事な航海だからこそ、きっとこういう時間が大切なんだ。みんなで笑って、みんなでご飯を食べて……。

「わっ！」

そんなことを思っていたら、突然ドンと突きあげるようなショックがあった。あわてて海をのぞくと、ノビタオーラ号が左に大きく傾いでいる。海の中に黒々とした大きなかたまりが見えた。

ドラえもんが目を白黒させている。

「海底に隠れてた岩に乗り上げちゃったんだ！　まずい！」

ジャイアンが駆け寄ってきた。

「なんだと⁉　この船、どうなるんだ⁉」

「もともと穴が開いてたのをテープでふさいでいただけだったから……。このままだとどんどん水が入ってきちゃう！　みんな、水をかき出して！」

スネ夫が空を向いて大声を出した。

「マストは折れてるし船底には穴が開いてるし……。ボロ船じゃんか！　誰が作ったんだよぉ！」

のび太は泣きながらあやまる。「ごめんなさーい！」

フロックが大きく腕を振って言った。

「今はそんなこと言ってる場合じゃないだろ！　とにかく船を守るんだ！　ジャイアン！　のび太！　君たちは水をかき出すんだ！　急いで！」

「えらそうに命令するんじゃねえ！」

ジャイアンが言い返した。それでも木桶を持って走り出す。「急げ、行くぞ、のび太！」

「うん！」

「スネ夫はいらない積み荷を海にすてるんだ！　早く！」

「わ……、わかったよ！」

スネ夫もとまどっているみたいだ。見ると、もうすねのあたりまで水がきていた。身震いする。ジャイアンと並んで桶で水をすくってはかき出す。いくらすくってもどんどん水かさが増していく。ひざまできた。

「無理だよ！　まるで追いつかない！」

「ばかやろう！　あきらめるな！　続けろ、のび太！」

クイズがのび太の近くに飛んできた。のび太のまわりをクルクル回りはじめる。

「空飛ぶねこ。何ナゾ？」

「空飛ぶねこ!?　こんな時にクイズはやめてぇ！」

「何ナゾ？　何ナゾ？」

「ああもう！　空を飛ぶ猫だから……、猫型ロボットのドラえもん？」

「ブブー」

何か道具を探そうとあわててポケットをさぐっていたドラえもんが、ハッとした顔になって言った。

「そうか！　空を飛ぶのは鳥……、ねこの鳥だから……」

にゃあにゃあという鳴き声が頭の上から聞こえてきた。フロックが顔を上げて大声で言う。

「ウミネコだ！」

ジャイアンがもっと大きな声で言い返した。「鳥がなんだってんだ！　こんな時に！」

「鳥がいるってことは、近くに島があるってことなんだ！」

フロックの声に続いてドラえもんの明るい声がひびいた。

「そう！　その島に向かえばいいんだ！」

スネ夫がマストに向かって走り出した。そのまま縄ばしごを上がって望遠鏡を構える。

「東南東の向きに島影発見！」

ドラえもんが腕を振りあげた。

「よし！　あの島に向かおう！　みんな、ロープを引いて帆を回して！」

「アイアイサー！」

今度はみんなの息がそろった。ジャイアンとスネ夫がメインマスト右のロープに走る。のび太とフロックは左のロープをつかんだ。息を合わせてそれを引く。「オーエス！　オーエス！」

ロープはものすごく重くてすぐに腕がしびれてきた。フロックの手がのび太の手に重なる。

「のび太、しっかり！　あと少しだ！」

「う、うん！」

メインマストがゆっくりと回って、そこに海風が吹き込んだ。帆が大きくふくらむ。

「よし！　今だ！　おもかじいっぱい！」

ドラえもんが舵を回した。船が大きく傾いて船首が東南東に向く。その先に小さな島が見える。

「あの島に上陸するんだ！」

島が近づいてくる。白砂の砂浜とうっそうと茂る森が、ノビタオーラ号を待ち受けている。

6

「ほんとうに、どうなってるのかしら、この船……」

カプセル状のケースにおおわれた広大な畑が見えてきた。しずかは何度も目をまたたかせる。

船の中のはずなのにすごく不思議だ。

隣を歩くセーラにたずねた。

「ねえ、セーラ。ここは何の区画なの？」

「そこはね、トウモロコシのプラント」

「ふうん。みんなの食べ物になるのかしら」

セーラが笑っている。

「うん。もちろんそれもあるんだけど、メインは光合成のためなのよ」

「光合成？」

「うん。この船の中はね、完全に自給自足で動いているの。食べ物や飲み物だけじゃないの。わたしたちが呼吸する酸素だって自給してる。植物が、炭酸ガスを吸収して酸素をつくってくれるから、その酸素をわたしたち人間が呼吸してるってわけ」

「でも……。空気なら外にたくさんあるわ」

「そうね。でも、これもこの船の目的の一つなのよ。こうして酸素も自給できれば、この船はどこへだって行ける。深い海の底だって、宇宙空間へだって飛び出していけるってことだから」

「ふうん……」

今度は市街地が見えてきた。舗装された道路を人やロボットが歩いている。ホバーのように自動車が空中を滑っている。ビルが立ち並ぶ。すごく発展した大きな町なのに、そこかしこに緑の木々や花々がたくさん見えた。空気もすごく澄んでいる。やっぱり不思議だと思う。何でもありすぎるくらいだ。

セーラがしずかの手を引いた。地下鉄の入り口のような施設に入っていく。

「町の地下にはみんなが生活する区画が広がってるの。大きなマーケットだってあるし、遊園地だってあるのよ。きっとびっくりするわ！」

大きな通路につながった。通路の両脇はさまざまな商品が並んだ商店街だ。ウインドウのガラスがキラキラしている。しずかは一つの店の軒先にタタッと駆けよって、ガラスに手をついてのぞきこんだ。食器を販売しているらしく、七色のグラスがまるで虹みたいに並んでいた。

「すごくきれい！　宝物みたいね」

セーラが笑っている。

「この船にはね、世界中から集めてきた金銀財宝を収めた部屋だってあるのよ」

「ふうん。でも……。そんなに宝物を集めてどうするのかしら？」

「わからないの。お父さんは、いつか役に立つからって言っていたけれど……」

「セーラのお父さんはどこにいるの？」

セーラが上を向いた。はるか先、見えない場所を見ている。

「この船のどこかにいるの。けど、わたしもお父さんのいる場所を知らないんだ。もうずっと会ってない」

「さみしくないの？」

「お兄ちゃんやマリアさんがいたから……。わたしね、お父さんがやっていることが悪いことなのかよくわからない。きっと何か理由があるんだと思うの」

セーラが歩き出した。しずかもその後に続く。

「でも……、お兄ちゃんはお父さんを許せなかった。わたしは……、家族みんなで仲良く暮らしたいだけなのに」

すごく悲しそうな顔をしていた。声をかけようと手を伸ばしたら、先にセーラが振り返った。もう笑顔に変わっている。

「ね、しずか！　最後は甲板を案内してあげるね。そこからは外の世界が見えるのよ」

甲板に出ると、そこでも乗員たちが忙しそうに立ち働いていた。セーラが船べりの安全柵に駆け寄る。身を乗り出して、気持ちよさそうに海風に吹かれている。

しずかは胸のポケットをのぞき見た。そこからピョコリと黄色いクラゲが顔を出す。

「クラゲちゃん……」

海に入るのをこわがっていた、一匹の〝蛍光方向クラゲ〟だ。しずかは思い出していた。このクラゲは目的地を指し示してくれる。わたしの目的地は、のび太さん、ドラちゃん、タケシさん、スネ夫さんのところ。ノビタオーラ号のところ。

強く念じてからクラゲに言う。

「お願いね。クラゲちゃん」

セーラの隣から、黄色いクラゲをそっと海に放った。しずかの手を離れる瞬間、クラゲがしずかを見た。コクンと強くうなずいてくれたみたいだった。

「わたしは……、ここよ」

7

「ひゃあ……。なんとか助かった……」

ジャイアンとスネ夫がおばけみたいに両手を前に垂らして海から上がってくる。のび太も同じだ。びしゃびしゃのくたくた。今すぐ大の字になって浜辺に倒れてしまいたい。

「でも……。助かりはしたけれど……」

振り返ってノビタオーラ号を見た。見るも無残な姿だ。何とか錨を下ろして湾に停泊することはできたけれど、マストは折れかけ、船内は半分くらい水浸しだ。海の底の岩にぶつかっちゃったから、船の底にだって大きな穴が開いている。

もう、海には出られないかもしれない……。

スネ夫がのび太を見て不満そうな声を出した。「あーあ。のび太が雑に作るからだよ」

ジャイアンも言ってくる。「そうだぞ。のび太のせいだ！」

「ごめん……」

しゅんとする。フロックがやってきて、のび太の背をポンと叩いてくれた。

「大丈夫。ぼくがこの船を直してみるよ」

びっくりする。

「直すって……、そんなことできるの？」

「ああ。基本的なメカニックは習得してるんだ」

「すごい……。ぼくとあんまり年だって変わらないのに……」

フロックの手をとって上下にぶんぶん振った。「ありがとう！　ありがとうフロック！　これでしずかちゃんを助けに行けるよ！」

ドラえもんがやってきて言った。

「じゃあ、フロックが船を修理している間、ぼくらはこの島で飲み水や食べ物を集めよう！」

ジャイアンとスネ夫も元気を取り戻したみたいだ。「おう！」なんて言ってる。

「のび太！　迷子になるなよ！」

ジャイアンがずんずん進んでいく。

「わあ！　待ってよみんな！」

あわてて追いかける。森の入り口のところでドラえもんが待ってくれてる。

「おいてかないでぇ」

「おれはくだものをとってくるぜ！」

タケコプターをつけて、ジャイアンが島の奥に飛んで行った。スネ夫は海岸の大きな岩の上で釣り糸を垂らしている。「ボクちゃんはおいしい魚をたくさん釣ってみせるからね！」

「じゃあボクとのび太くんは水を確保しに行こう！」

ドラえもんの後について森の中を歩く。もうずいぶん南の方へきているらしく、森の中は見たこともないようなジャングルだった。小さな島だっていうのに、いろんな動物の鳴き声が聞こえてくる。ギャアギャア鳥が鳴いているかと思えば、とんがった葉を茂らせた木々の向こうでキキキと何かが笑っている。足の下を細長いものがスルスルと滑るからおどろいて足を上げたら、茂みの向こうにでっかいヘビのしっぽが消えていくのが見えた。あわててドラえもんの背中にしがみつく。

「ねえドラえもん……。こんなに奥深くまで入っちゃって大丈夫？」

ふかふかした土をふむと、足が沈んでじわりと水が湧き出す。ものすごい草いきれだ。

「しかたないよ。まずは水を見つけなきゃ。これだけ木々が茂っているんだから、きっとどこかに川が流れているはずだよ」

「でも、水なら海にいくらでもあるじゃない」

「海水は飲めないんだ。それどころか、海水は飲めば飲むほどのどがかわいちゃう」

「そうなの？　じゃあ昔の船乗りたちは、長い航海の間どうしていたのかな？」

「たくさんの真水を木でできたタルに入れて、積めるだけ積みこんでいたんだよ。それでも水はすぐにくさっちゃうから、海の上では水はほんとうに貴重なものだったんだ」

「じゃあお風呂なんてどうするの？」

「海の上で雨が降ったらそれを浴びる」

「雨が降らなかったら？」

「海水で水浴びする」

「うわあ。べとべとしそう。じゃあトイレは？」

「もちろん水なんか使えないから、直接海に落としていたんだ」

想像してしまった。

「うわあ……。たいへんだね」

動物たちの鳴き声の隙間に、ドドドドと重い音が混じって聞こえてきた。風もなんだか冷たくなった。

ドラえもんが右斜め前を指し示す。

「やっぱり！　滝があった！　ここで水を補給しよう！」

思わずうんざりした声をあげてしまった。「ええー。バケツで何度も水を運ぶのぉ？　たいへんだよう」

ドラえもんが笑っている。ポケットから道具を取り出した。

「〝重力ペンキ〟を使えば大丈夫。このペンキをこうして……、と」

ドラえもんが、刷毛を握って滝つぼから地面にペンキを塗りはじめた。のび太はきょとんとする。そのまま地面に生えている小さな木の枝のところまで一直線にペンキを塗った。すると、滝つぼの水がペンキの上を滑るように流れていくのだ。でこぼこした地面を水が昇ったり下りたりしていく。そのまま小木の幹を水が昇って行く。ペンキの塗られた枝の先まで達すると、今度はそこから真下に流れ始めた。まるで水道の蛇口だ。

「わあ！　どうなってるの、これ！」

ドラえもんが笑っている。

「このペンキはね、塗ったところが〝下〟になるんだ。水は低いところに向かって流れるから、こうして少し高いところまでペンキを塗ってやれば、即席の蛇口のできあがり！」

のび太はよろこぶ。

「わあ！　これなら水を集めるのも簡単だね！」

*

「どうだあ！　バナナにマンゴー、あとこれは……。なんだ？」

ジャイアンが真っ赤なフルーツを顔の前に掲げて不思議そうな顔をしている。スネ夫が続いた。

「ボクちゃんも大漁だよ！　こーんなでっかいマグロも釣れたんだけど、残念ながら途中で糸が切れちゃって……」

「うふふ。こんなところにマグロなんていないけどね」

スネ夫に聞こえないようにドラえもんがクスクス笑っている。でもみんなほんとうに大収穫だ。おいしそうなフルーツのにおいと新鮮な魚たち。水だって、ドラえもんの四次元ポケットにたっぷりつめこんできたから当面は何の心配もない。ちょっと途中で滝つぼに落ちちゃったり、よくわからない動物のしっぽをふんづけて追っかけられたりしたけど、ぼくだっておおむね大活躍！

……だと思う。

ノビタオーラ号に戻ってきたら、フロックが砂浜に腰を下ろして作業していた。

「みんなおかえり。もうすぐ修理も終わるよ」

オウム型ロボットだったクイズが、姿を変えてキーボードみたいな入力端末になっていた。フロックの指がすばやく動いている。ものすごいスピードだ。クイズの目から投影された空中のモニターに、むずかしい数式やプログラムが次々打ちこまれていく。なにがなんだかわからないけど、一つだけ言える。

「すごい……！」

モニターをのぞきながらフロックにたずねた。

「フロック……。それ、何をしてるの？」

フロックがキーボードを叩きながら何でもないことのように答えた。

「修理だよ」

ノビタオーラ号を見上げる。「修理って……。何も変わってないみたいだけど……」

「うん。まだプログラミングの途中だからね。でも、もうすぐ。……よし。直ったよ」

「直ったって……。だからぜんぜん直ってないじゃない」

フロックがほほえんで実行キーを押した。途端にクイズの目がピカッと光り、「プログラム、実行シマス」という機械音声が聞こえた。のび太は目を疑う。海岸に停泊しているノビタオーラ号が、まるでブラインドを下ろすみたいに、キラキラと光を反射するたくさんの四角いパネルにおおわれていくのだ。あっという間にノビタオーラ号全体が半円形のドームに囲まれた。ドラえもんがぽっかり口を開けている。

「これって……。さっき宝島をおおっていたのと同じ……」

フロックがドームにおおわれたノビタオーラ号を見上げている。反射した太陽光がフロックの顔を七色に照らしている。元のオウムの姿に戻ったクイズがフロックのまわりを飛んでいる。

「うん。ぼくはあの船のメカニックだったって言ったろ」

「すごい……。こんな技術、ボクのいた未来でも見たことないよ」

「小さいころから……、母さんに教えこまれたからね」

ドームを構成していた光のパネルが散り散りに消え去ると、そこには新品同様の輝きを取り戻したノビタオーラ号の姿があった。何もかも元通りだ！　と思ったら、メインマストのバンソウコウまで元通りになっていた。思わずにがわらいしてしまう。

「ついでにマストも直してくれればよかったのに」

言ったらフロックが少しびっくりしたような顔をしてのび太を見た。

「ほんとだ。〝外側は何もかも元通りに〟ってプログラムしちゃったから」

「もう！　フロックったら、おっちょこちょいなんだから！」

スネ夫が笑っている。

「おっちょこちょいはのび太だろ？　マストを折っちゃったのはのび太なんだから」

フロックも笑っていた。「でも、元に戻したのは外見だけだよ。船の基本性能は十倍ほどに上げておいた」

「十倍!?　すごおい！」

「でも、これでもシルバーの船には追いつけないと思う。どうしたら……」

みんなで頭をひねる。ドラえもんがパッと顔を明るくした。

「そうだ、いいものがある！　これを使えばいいんだ！」

ドラえもんがポケットから道具を取り出した。

「風神うちわ！」

真ん中に大きく「風」と書いてある大きなうちわだ。

「このうちわを使えば、ものすごく強い風を起こすことができるんだ。ミニドラたちに協力してもらって、この〝風神うちわ〟でマストに風を送り続ける。そうすれば……！」

「シルバーに追いつける！」

ワッと歓声が上がった。みんな頬を真っ赤にしている。

のび太は宣言する。

「行こうみんなで！　しずかちゃんのところへ！」

*

「うめえ！　やっぱり自分で釣った魚は格別だな！」

ジャイアンが口いっぱいに焼き魚をほおばっている。その隣でスネ夫がふてくされている。「ま。釣ったのはボクなんだけどね」

航海は順調だ。ジャイアンが、「腹が減ってはいくさはできぬ！」とうるさいから、まずはみんなで腹ごしらえをすることになった。島で集めた食材でバーベキューだ。ジャイアンがとってきたフルーツは舌ざわりがすごくなめらかで体にしみこむような味がした。スネ夫がサザエを焼いている。一流レストランで食事しているみたいに胸にナプキンをつけて、食べづらいだろうに、両手にナイフとフォークを持っている。

「ボクちゃんはそんな野蛮な食べ方はしないの。ちゃんとテーブルマナーを守らなくちゃね」

サザエのひときれを口に運んで目を閉じる。「うーん。デリーシャス！」

バーベキューの網の上で、殻つきのホタテがくつくつ煮えていた。バターがとけて、ものすごくおいしそうだ。

ドラえもんといっしょに口に入れる。かもうとしたら、ホタテの肉が奥歯を弾き返した。力を込めるとプツリと肉が弾ける。芳醇な香りが口いっぱいに広がった。ドッとつばが湧き出してくる。バターが舌をしびれさせる。おいしくて早く飲み込みたいのに、もっと味わっていたくて飲み込みたくない。思わず目が大きくなってしまった。

「わあ！　おいしい！」

隣のフロックにも勧めた。「ねえ！　フロックも食べなよ！　おいしいよ！」

フロックがホタテに手を伸ばした。口に運んで、熱そうにハフハフしている。飲み込んだ。

「おいしい！　これ、すごくおいしいよ、のび太！」

いっしょに笑った。ドラえもんがニコニコしながら、そんなのび太たちを見ている。

食事を終え、階段を降りて船の中に入ると、信じられないことにそこは大広間だった。広いだけじゃない。なんていうかこう、わくわくするような造りなのだ。船の側面は不思議な素材でできていて、手を触れると一瞬で透明になって、壁一面が真っ青な海になる。思わず言ってしまった。

「ここ……、船の中なんだよね？」

フロックが笑いながら説明してくれた。

「四次元を利用して空間を広げたんだよ。ついでに内装もちょっといじっておいた。船の外見はもとのままだけど、内は広い方が都合がいいだろう？」

「フロック……。キミってほんとうにすごいんだね」

「そんなことないさ。あの船で学んだ技術の応用だよ」

目の前をシイラの群れが泳いでいく。シイラのうろこが、海面から射す太陽の光をキラキラ反射している。大きなひれをゆっくりと波打たせて、深い青色をしたマンタも通り過ぎていった。

ジャイアンとスネ夫が壁に手をつけて目を輝かせている。

「うわお！　すげえ！」

フロックが笑っている。

「君たちの寝室も、ちょっとばかり工夫しておいたよ」

ドアを開けて寝室に飛び込む。「わあ！」

竜宮城にいる気分だ。部屋は、床以外のすべてが海だった。天井を見上げてみる。水の層を透かして、黄色の太陽がぼんやりと揺れながら輝いていた。フロックが言う。

「どこからでも外が見えるようにしたんだ。夜になればたくさんの星が見えるよ」

部屋の真ん中に半透明の大きな泡があると思ったら、それがベッドだった。中に入ると、まるで海中を漂う空気の泡の中にいるみたいだ。海の中のハンモックだ！

ジャイアンが泡のベッドではしゃいでいる。「人魚になった気分だぜ！」

スネ夫が苦笑いしている。「ジャイアンが人魚って……」

夕方には甲板に出て景色を見た。ドラえもんと並んで二人で水平線を見る。

もう太陽は見えないのに、水平線の間際だけがオレンジに染まっていた。空は夜。それなのに水平線のかなた、世界のはしっこだけが夕焼けだ。

「わあ……」

ドラえもんが教えてくれた。

「この時間帯をマジックアワーっていうんだ。日が沈んだ後、太陽の光が完全に届かなくなるまでのほんのわずかの時間のことだよ」

「わあ……。魔法みたいにきれいだね」

「うん。こんな景色をいつまでも残しておきたいね」

ドラえもんといっしょにオレンジの光に包まれていたら、小さな声が聞こえてきた。

「のび太とドラえもんは、本当に仲がいいな」

フロックだった。フロックがのび太の隣にやってくる。

「フロック……」

フロックは遠く、海の向こうを見ていた。

「もう少しだ……。明日になれば海賊船に追いつくはずだよ」

フロックの顔を見ていたら言っていた。

「……フロックはすごいね。こんなに船を改造できるなんて。それに比べてぼくは……」

フロックが笑っている。「のび太も特技はあるんだろ?」

パッと顔を上げて言う。

「昼寝とあやとり！　でも……、それじゃあしずかちゃんを助けられないよねえ」

すぐにがっくりうなだれる。フロックが苦笑いしている。

気になっていたことを聞いてみた。

「ねえ……。フロックはなんで海賊船なんかに？」

すぐにはフロックの返事が返ってこなかった。のび太は慌てて言う。

「あ、ごめん。言いたくないならいいんだ」

フロックの口がゆっくりと開いた。

「……ぼくの父さんと母さんは、二人とも科学者だったんだ。二人で力を合わせて、石油や原子力に代わる新しいエネルギーを見つけようとしていた。……あの海賊船だって、もともとはぼくの母さんが研究のために設計した船だったんだ」

おどろいた。

「あの海賊船が、研究のための船だったの？」

「うん。いったいどんなエネルギーなら、持続可能な状態で人々が暮らし続けられるのか、父さんと母さんはずっとそれを研究していたんだ。過去や未来を行き来して、理想的なエネルギーを探しながらね。でも、その研究はなかなか進まなかった……。母さんはね、研究に行き詰まると、ぼくとセーラにフレンチトーストを作ってくれたんだ。一口ほおばると胸がいっぱいになってしまうくらいにおいしいフレンチトーストだよ」

ドラえもんと顔を見合わせた。「いいお母さんじゃない」

フロックが小さく笑った。

「昔ね、セーラと母さんが、ぼくと父さんがいる研究室にフレンチトーストを運んできてくれたことがあった。おいしそうなにおいのせいで、ぼくと父さんのお腹が同時に『ぐう』って鳴ったんだ。そしたら、それにつられてセーラと母さんのお腹まで『ぐう』だよ」

思わず笑ってしまう。

「あのときは、四人でお腹を抱えて笑ったな。それから四人でフレンチトーストを食べた。おいしかったなぁ。——あの瞬間が、これまで生きてきて一番幸せだった」

フロックの表情が、急にさびしそうなものに変わった。

「だけど……。五年前、母さんは重い病気になってしまった」

「…………」

「父さんは、必死で母さんの治療法を探したけど、結局、母さんは死んじゃった。治せなかったんだ。母さんはぼくとセーラに最後に言ったんだ。『フロック、セーラ、お父さんを頼むわね』って……」

フロックが背中を向けた。

「それから父さんは変わってしまった。父さんは、昼も夜もなく研究室にこもるようになったんだ。きっと——、母さんのやり残した研究に没頭しているんだと思った。だからぼくは、父さんの力になりたくて、必死でメカニックの勉強をしたんだ」

顔をうつむかせる。

「でも、ちがったんだ。父さんの目的は、母さんの研究の続きじゃあなかった。父さんは、ある日をさかいに海賊になってしまったんだ。研究のためのタイムリープ機能を使って、過去や未来、あらゆる時代の金銀財宝を世界中からかき集め始めたんだ」

固くこぶしをにぎった。

「海賊なんて許せないよ。そんなの、母さんへの裏切りじゃないか！」

フロックがこちらを向いた。

「ぼくは何度も父さんに言ったんだよ。『海賊なんてやめてくれ。母さんのやり残した研究を続けてくれ』って。だけど父さんは、ぼくの言うことなんか聞いちゃくれなかった！　父さんはぼくに、『未来をあきらめろ』って言ったんだ。『もはや未来に希望はない』って言ったんだ！」

フロックの目に光るものが見えた。のび太の胸がギュッとなる。

「そんなの……、あきらめられるわけ、ないじゃないか！」

「フロック……」

大きく息を吸い込んでから言った。フロックの気持ちを、少しでも明るくしてあげたかったから。

「そう！　大人は勝手だよね！　『旅行に連れていって』って言ったら『あきらめろ』って言う

くせに、テストで百点とるのをムリって言ったら、こんどは『あきらめるな!』だもの。パパとママは、いつも宿題宿題ってうるさく言ってくるし」

フロックがきょとんとした顔になった。それから急に笑い出す。

「のび太はいいな」

「えっ? なにが?」

「だって、パパやママがうるさく言ってくれるんだろ?」

言葉につまってしまった。

「……うん」

「それに……、のび太には、ドラえもんやジャイアン、スネ夫みたいな友だちがいる。父さんが海賊になってから、ぼくとセーラはずっと二人きりだった。だから——、このクイズがぼくらの唯一の友だちだったんだ」

「友だち……」

ドラえもんの顔が浮かんだ。そしたら次々と顔が浮かんできた。ジャイアン、スネ夫、出木杉くん——。クラスのみんな。近所の人たち。いままでに出会ったたくさんの人や動物——。そしてしずかちゃん。

「しずかちゃん……」

フロックの隣に並んで海原に目をやった。まだ何も見えない。けど、必ず見つけるからね。しずかちゃんは、ぼくらが助けるからね。

フロックがのび太の肩に手を触れた。

「のび太……。あれは……？」

「えっ？」

顔を上げると、フロックが暗い海の一点を指差していた。目を凝らす。暗い海の上にぷかぷか黄色いものが揺れていた。その黄色から、ひょろっと細長い触手が伸びた。黄色い触手がひらひら揺れて、ここにいるよって告げている。

「あれは、蛍光方向クラゲ！ ……しずかちゃんが連れて行ったやつだ！」

目尻に涙が湧いてくる。あふれだしそうだった。

思いが届いた気がした。

「しずかちゃんが、場所を教えてくれてるんだ！」

第三章

1

航海日誌（二一XX年X月X日）

今日、フィオナの残した数式をもとに、最後のシミュレーションを行った。

結果は、予想されたものよりなおひどいものだった。


そこで見たのは、破滅の未来だった。


マリンスノーという現象がある。

深い海の底に、プランクトンなどの小さな生き物の死骸が、まるで雪のように途切れずに降り積もる現象だ。ひとすじの光すら届かない海の底はすべてが灰色で、あるのは黒い水と、その中を舞う細かく白いマリンスノーだけだ。生き物の姿もほとんどない。動くものはない。音もない。

ただ塵が降り、静かに海底を埋めていくだけだ。

未来の世界は、それに似ていた。

フィオナの残した数式は、私にこの星の未来を見せた。避けられぬ未来を――。

誰もいない世界。

何も動かぬ世界。

そして、いくら年月を経ても、決してよみがえることのない世界。


この世界は救えない。

それが結論だ。

*

「ふう。今日もマリア亭は大繁盛！」

「うん。昨日あんなに作ったパン生地がもうなくなっちゃった」

お客さんがいなくなったら、次は明日のための下準備だ。しずかとセーラはパン生地づくりをはじめる。マリア亭ではたらきはじめてたった数日だけど、マリアさんや、シェフのムッシュさん、それに常連客のゴンザさんやポンチョさんとも仲良くなった。それに、いつもセーラが隣にいてくれる。それが何より心強い。

「セーラ！　しずか！　パン生地づくり、頼んだよ！」

マリアさんの声に二人して返事する。「はい！」

ずっしりした小麦粉の袋をもちあげようとしたら、あわててセーラがかけ寄ってきた。

「大丈夫？　しずか一人じゃ無理よ」

「だけど……、セーラは一人で運んでいたでしょう？　だから……」

「わたしは慣れてるから。まかせて！」

マリアさんが近づいてきた。腰に手を当てたまま、見下ろすようにしてしずかに言う。

「セーラの言うとおりだよ。しずかにゃ無理だ。そんな細っちい腕じゃね」

「そんなこと……、ないです！」

「だけど、もうひざがガクガクいってるじゃないか。やめときな」

「できます。お願い。わたしにもやらせて」

腰を落としてなんとか持ち上げようとする。けれど、ほんの少し床との間に隙間ができただけで上がらない。マリアさんがしずかを見て笑った。

「あっはっは。だから無理だって」

上がらない。でも、どうしてもあきらめたくなかった。セーラが隣でじっとしずかを見ている。

「しずか……」

歯をくいしばる。やっぱり上がらない。確かにいまは無理だ。だけど、いまやらなきゃ、いつまでたっても何もできるようにならない。

いつまでたっても、いまのままのわたしなんて、そんなのはぜったいにいやだ。

ひたいに汗を浮かべながら、なんとか声をしぼりだした。

「やってみなきゃ、ずっと今日のわたしのままだもの……」

汗がたれる。「未来のわたしの可能性を、今のわたしがつぶしちゃいけないから――」

マリアさんがしずかの肩にポンと手を置いた。あったかい手だ。

「そうかい。じゃあ、気が済むまでやってごらん。アタシ、アンタを気に入ったよ。しずか」

「……ありがとう！　マリアさん！」

シェフのムッシュさんの声がした。

「みんな！　船長からの緊急通信だ！　店を出て、中央ブリッジに急げ！」

巨大な塔の前に、塔と同じくらいに巨大なホログラムが浮かび上がっていた。濃紺のキャプテンハットをかぶったホログラムの男が口を開く。

〈われわれは、ついに目的地に達した〉

みんな建物から出てきてホログラムを見ている。すごく大勢の人がいた。しずかの隣にはセーラがいる。セーラは胸の前でぎゅっと手を握ってホログラムを見上げていた。しずかはゴクリと喉を鳴らす。

はじめて船長の姿を見た。細身の体を長いコートでおおっている。隣のセーラに口を寄せてたずねた。

「あの人が……？」

セーラが小声で答える。

「そう。この船の船長、キャプテン・シルバーよ」

シルバー船長が一瞬だけ口をつぐんだ。ほんの少しうつむいたように見えた。けれどすぐに顔を上げる。

キャプテンハットの下に再び見えた目は、まるで炎のように燃えていた。

〈――現時刻をもって、すみやかに〝ノアの方舟計画〟を実行に移す〉

「ノアの方舟計画？」

セーラは何も言わない。ただギュッとくちびるをかんでいた。ホログラムのシルバー船長が続ける。

〈現在われわれは、目的地である大西洋中央海嶺の真上に位置している。これより、海嶺を形作

っているマグマのエネルギー、つまりは、この星のコアエネルギーを奪取する〉

どよめきが起こった。マリアさんが食い入るようにホログラムを見つめている。「なんだい？　どういうことだい、そりゃ？」

〈私は――、地球の未来を見てきた。それは破滅の未来だった。人類を救うには、地球を捨て、新天地を求めるよりほかにないのだ。そのためには膨大なエネルギーが必要になる。未来の世界では枯渇しつつある地球そのもののエネルギーが、この時代にはまだあふれている。この星の星体エネルギーを、生き残るために奪うのだ〉

体が小刻みに震えてしまう。シルバーが何を言っているのかわからない。

〈みなが動揺するのもよくわかる。だが、考えてほしい。この星は近いうちに滅びる！〉

マリアさんがつぶやいた。

「……この星が、滅ぶって？」

〈ただ滅びの道を歩むことが正義か？　地球の破滅はわれわれ大人が招いた結論だ。その結論を、まだ何も知らない子どもや、これから生まれてくるだろう子どもたちに押し付けてしまってよいのか。よいわけがない。だからわれわれ大人が救うのだ。すべての子どもたちを救うことはできない。だが、未来の可能性をゼロにしないために！　われわれは苦渋を飲んで、ノアの方舟に子どもたちを乗せるのだ！　未来の可能性を、われわれが守るのだ！〉

シルバーが言った。言い切った。

〈だから私は、子どもたちの未来を守るため、この星をあきらめることを決めた〉

　――この星を、あきらめる……？

　体がふるえる。

〈われわれは宇宙に飛び立つ。この船に乗っている君たちは、未来をつなぐために選ばれた民だ。家族も共にある。私といっしょに新天地をめざし、そこに新たなふるさとを築こうではないか。今まで集めた富とともに！〉

　頭が追いついて行かない。じわりと涙が湧いてきた。なんなのそれ。そんな勝手なこと、ゆるされるわけない！

〈たった今、この船から伸びたエネルギー吸収用のパイプが海底に到達した。これより、この星のコアエネルギーの収集に移る。だが、心配はいらない。現状の地球への影響は限定的なものになるはずだ。計算上は、すぐに地球が滅びるわけではない。だから理解してほしい。すべては未来のためなのだ〉

　理解なんかしたくない。そんなの、未来のためなんかじゃない！

　セーラがうつむいてくちびるをかんでいた。聞きたいことはいくらでもあった。この星に未来がないってどういうこと？　地球はこの先どうなってしまうの？　みんな死んじゃうってこと？

この船に乗っている人だけが生き残るってこと？　そんな状況なのに、どうして簡単に「あきらめる」なんてあの人は言えるの？　どうして解決策を探さないの？

「お父さん……」

セーラの肩が震えていた。

「え……？」

セーラの思いがけない言葉に声を失った。お父さんって言った？　シルバー船長が、セーラのお父さんなの？

「お父さん……、やっぱり本気だったんだ」

セーラの目に涙が浮いていた。聞き取れないほど小さな声でセーラがつぶやく。

「星のエネルギーを吸い取るなんて――、そんなことをしたら、地球が……」

その瞬間、耳をつんざくようなアラートが鳴り響いた。ホログラムのシルバー船長の隣に、船外の様子を映したモニターが表示される。

「今度はなんだい!?」

マリアさんの声に続いて自動音声が再生された。

〈当艦ニ小型船舶ガ接近中〉

シルバー船長がモニターを見ている。モニターの中で、船が水しぶきを上げてこちらに近づいてくる。

船首に五人いた。セーラが先に声を上げた。

「お兄ちゃん！」

しずかにも見えた。はっきりと見えた。

ゴーグルを頭にひっかけた男の子。スネ夫さん。

赤い首巻きを揺らしているたくましい男の子。タケシさん。

丸い手をこっちに向かって突き出している猫型のロボット。ドラちゃん。

そして、頼りないのに時々すごく頼りになるのんびりやの男の子。いまもそう。必ずやってきてくれるって信じていた。

のび太さん。

さけんだ。

「みんな！　来てくれたのね！」

*

ガガはポカンと口を開けてホログラムを見上げていた。ビビは口を結んでシルバー船長の言葉に聞き入っている。

最初に口を開いたのはガガだった。

「どうするビビちゃん。この船、宇宙に飛び立っちゃうらしいぜ」

ビビはガガから目をそらしたまま言う。

「ノアの方舟……？　新天地……？　いったい何の話だい？」

「ビビちゃん……、どうする？」

アラートが鳴り出した。敵が近づいてきたという警告音だ。シルバー船長の隣のモニターに、接近してくるノビタオーラ号の姿が映し出された。ビビが目をけわしくする。

「あいつら、まだあきらめてなかったのかい」

「あ。あの妙な道具を使う青ダヌキとガキの船か！」

「ガガ」

「え？　うん」

「海賊なら、こんなときどうする？」

ガガは迷いなく答える。

「敵を討つ」

「よし。アタシたちは自分の役目を果たすんだ。いくよ、ガガ！」

「あ、うん。待ってよ、ビビちゃん！」

2

「見えた！」

ノビタオーラ号が打ち砕く波しぶきの向こうに、巨大なドーム状の構造物が見えてきた。

「なんだ、あの姿は……！」

ドラえもんがつぶやく。もはや、島は島ではなかった。海賊船でもない。透明のドームに囲まれた、一つの小さな町だった。ドームの向こうに大勢の人が見える。海面に接する部分にはデッキがあって、そこが埠頭になっていた。乗組員が何人かそこで立ち働いている。

「あそこを目指そう！　全速前進！　しずかちゃんを――」

みんなで声をそろえる。

「助けるぞ！」

＊

「のび太さぁん！」

走った。デッキを目指し全力で走った。セーラが追いかけてくる。「待って！　いま行ってはだめよ。しずか！」

止まれるわけがなかった。通路を抜け、階段をかけあがって、甲板につながるドアを開く。夕日の残りがしずかの目をくらませた。潮のにおい。すごい音。水しぶきも飛んでくる。

「しずかちゃあん！」

聞こえた。のび太さんの声が。薄く目を開ける。声の方に歩く。夕日を背にシルエットになったノビタオーラ号がすぐそこに見えた。ドラちゃん、タケシさん、スネ夫さんのシルエットも見える。みんなしてさけんでいる。「こっちへ！」

*

のび太は甲板から必死に手を伸ばした。すぐそこにしずかちゃんが見えている。今度こそ、ぜったいにしずかちゃんを救い出すんだ！

しずかちゃんのすぐ後ろには、しずかちゃんそっくりの金色の髪をした女の子がいた。セーラさんだ。フロックの妹のセーラも埠頭にいる。

「のび太！　そこをどいて！」

フロックの声がした。大きな波音の中、のび太は問い返す。

「フロック、何をする気⁉」

フロックは答えない。クイズにロープをくわえさせた。ロープの先には救命用の浮輪がぶらさがっている。

「クイズ！　セーラにこの浮輪を届けるんだ！」

クイズがロープをくわえたままフロックの肩から飛び立った。強い風の中を、埠頭を目がけて飛んで行く。

「ぼくのセーラと君たちのしずかを取り返す！　二人とも、それを使ってこっちに来るんだ！」

その瞬間、ノビタオーラ号の前方に、浮き上がるように巨大な立体映像が現れた。黒いコートをはおり、頭に金の房飾りのついたキャプテンハットをかぶった長身の男だ。のび太は驚いてフロックを見る。フロックは強く下唇をかんでいた。つぶやいた。

「……父さん」

おどろく。「父さん⁉　この人がフロックのお父さんなの？　もしかして、あの海賊船のキャプテン、キャプテン・シルバーが、フロックのお父さんなの⁉」

のび太の声を無視してホログラム映像の男が口を開いた。

〈――何が目的で我々を付け回すのかは知らないが、早々に立ち去れ。さもなくば、身の安全は保障できない〉

のび太はゴクリとつばを飲む。シルバー船長は本気の目をしていた。フロックがシルバー船長をにらみつけている。

シルバーが再び口を開いた。

〈……フロック、そこにいるな。もう気が済んだだろう。戻って来い〉

フロックの返事は早かった。ほとんど間を置かずに振り払うように言う。

「いやだ！　戻るもんか！」

〈なぜだ。お前のいる場所に未来はないのだぞ〉

「いやだ！　お前はもう、ぼくの好きだった父さんじゃない！」

埠頭にクイズがたどり着き、セーラの手に浮輪が渡った。フロックが顔を上げてさけんだ。

「二人とも、早くこっちへ！　急ぐんだ！」

のび太もさけぶ。想いを込めてさけんだ。

「しずかちゃん！　こっちへ来て！」

しずかちゃんとセーラが埠頭の上で顔を見合わせている。しずかちゃんがセーラの手をつかみ、「行こう」とうながす。けれどセーラはかぶりを振って動かない。フロックがまたさけんだ。

「セーラ！　父さんの事なんか気にするな！　父さんは変わってしまったんだ！　もう、ぼくらの知っているやさしい父さんはどこにもいないんだ！」

セーラの目がうるんでいるように見えた。しずかちゃんがまたセーラの腕を引く。今度はセーラの足も動いた。手をつないだまま、おそるおそるという感じで埠頭の端に近づいていく。しずかちゃんが、埠頭から海面をのぞきこんだ。

その時、ドカンと突き上げるような衝撃があった。体が三十センチほども持ち上がる。後ろでジャイアンがさけんだ。「なんだ!?」

埠頭でセーラが大声を上げた。

「いけない！　きっと海底に亀裂が走ったんだわ！」

猛烈な揺れだ。波は垂直に立ち昇って船を揺らす。まるで竜巻のような巨大な渦が海面をおおっていた。

シルバーのホログラムが言う。

〈早く方舟に戻るのだ、フロック！　じきにコアエネルギーの収集が終わる。我々とともに、宇宙へ飛び立つのだ！〉

――方舟!?　宇宙へ飛び立つ!?

ホログラムの声を無視してフロックがさけんだ。

「さあ、こっちへ来るんだセーラ！　大丈夫、ぜったいに助ける！」

セーラが迷っている。

「しずかちゃん！　こっちへ！　ぼくが必ずつかむから！　必ず、君の手をつかむから！」

しずかちゃんが顔を上げてのび太を見た。目と目が合う。それからコクンとうなずく。

フロックと同時に叫んだ。「来て！」

「させるかぁ！」

その瞬間、しずかちゃんとセーラにおおいかぶさるように大きな黒い影が飛び掛かってきた。

この前ノビタオーラ号を襲ったガガという海賊の男だ。遠くから女の声も聞こえる。「ガガ！

しっかり捕まえるんだよ！」

「きゃあ！」

悲鳴を上げてしずかちゃんが身をかわそうとした。けれどそこは埠頭の端だ。しずかちゃんの
足は空を踏んだ。体勢を崩し、背中から海に落ちそうになる。

「しずか！」

セーラが腕を伸ばした。けれど、しずかちゃんの手をつかんだのはセーラの手ではなかった。

男の腕だ。ガガが腕を伸ばしてしずかちゃんをつかんだのだ。「逃がさねえぞぉ！」

右手でしずかちゃんを捕まえたままガガが言った。しずかちゃんはガガの胸の中で身を小さく

し、ギュッと目をつぶっている。「悪く思うなよ。これがオレの仕事なもんでね」

のび太の目にセーラが映った。セーラが身を低くしてガガに突進する。ガガの体がグラリと揺れた。ガガの手が離れて、しずかちゃんが埠頭に倒れこむ。ふらつくガガといっしょにセーラが海に転げ落ちた。

フロックがさけんだ。「セーラ!」

しずかちゃんのさけびも聞こえた。「セーラぁ!」

セーラが頭から海に落ちていく。ガガはとっさに右手を伸ばし岸壁につかまっていた。残った左手でつまみ帽を押さえている。舌うちが聞こえた。「チッ! しくじったぜ」

フロックがのび太を向いた。真っ青な顔をしている。

「セーラが海に落ちた! 助けるんだ!」

「うん!」

その時、またドンと突きあげるような衝撃があった。途端にガクンと視界が下がっていく。崩壊した海底に海水が飲み込まれて、一部分だけ急激に海面が下がったのだ。はるか上にしずかちゃんのいる埠頭が見えた。海面がせり上がって目の前が水の壁になる。ドラえもんがさけんだ。

「まずい! みんな、船につかまって!」

見えるものすべてが青くなった。沈む。船が沈んでしまう。しずかちゃんを助けられない。

さけぶよりなかった。しずかちゃんに向けて、右手をまっすぐに伸ばし、そのままのび太たちは海の底に沈んでいく。

「しずかちゃぁあん！」

3

なんだかふわふわしていた。どっしりしているのにふわふわ。まるで雲に乗って空を飛んでいるみたいな夢を見た。

のび太はゆっくりと目を開ける。真っ青な空が見えた。天国みたいにきれいな空だ。

つぶやく。

「……もしかして、……死んじゃった……、のかな」

甲高い声が聞こえた。パタパタ羽の音も耳元でした。

「中身が空っぽのシャーペンをカチカチ。何ナゾ？」

クイズだ。こんなときにまでクイズ……。まったくクイズはしかたないなぁ……。海に沈んでまでクイズだなんて。

ハッと気がついた。空っぽなら芯は出ない。つまり……。

「死んでない！」

飛び起きた。あたりを見回すと、ジャイアン、スネ夫、ドラえもんが倒れていた。フロックはもう目を覚ましていて、妹のセーラの肩を揺らしていた。「セーラ！　セーラ！　目を覚まして！」

セーラがうっすらと目を開けるのが見えた。無事だ！

「……ううん。ひどい目にあった……」

ドラえもんが起き上がった。ジャイアンとスネ夫も頭をふりふり上半身を起こす。みんな無事みたいだ。よかった！　ほんとうによかった！

ほっとしたら、急に疑問が湧いてきた。

「……けど、本当にここはどこなの？」

地面がなんだか白いのだ。そしてしっとり濡れている。それでまわりはぜんぶが海だ。なんだこれ。どこだろう、ここは。

クイズが頭のまわりを飛び回り始めた。

「タコじゃないって言い張る乗り物、なーんナゾ？」

リズムをつけて言ってきた。ぜんぜんわからない。

「ドラえもーん。助けてぇ……！」

助けを求めたらドラえもんが頭を振りながら近くに来てくれた。「大丈夫かい？　のび太くん」

「ぼくは大丈夫だけど、クイズのクイズがわからないんだよう」

「またクイズなの？　どんなクイズ？」

まねしてみる。「タコじゃないって言い張る乗り物、なーんナゾ？」

あっさりドラえもんが答えた。「『イカだ』」

「イカ？」

「タコじゃなくて、『イカだ』。〝救命イカダ〟が間に合ってよかった……」

ドラえもんに言われて地面を見た。足元の白い地面。そういえば前に使ったことがある。どんな嵐でも安全な、イカの形をした救命ボートだ。ドラえもんのひみつ道具だ。

「ドラえもんがみんなを助けてくれたんだね！」

のび太はパッと顔を明るくする。ドラえもんに飛びついた。

「良かったあ！　みんな無事で」

＊

「ノアの方舟計画!?」

みんなの声が重なった。

ジャイアンとスネ夫がおろおろしている。ドラえもんの口が大きく開いている。

のび太も声が出ない。セーラから聞かされた話が信じられなかったからだ。シルバー船長が、やがて滅びてしまうこの星を捨てて、あの海賊船で宇宙に逃げ出そうとしているなんて！　そして、長い航海のためのエネルギーとして、この星のエネルギーを奪おうとしているなんて！

ドラえもんが宝探し地図を取り出して、みんなにそれを見せた。

「ボクはてっきり、海賊船はカリブ海に向かっているんだと思っていたんだ。だけどちがったんだ。ここは――、大西洋中央海嶺の真上だ！」

ドラえもんにたずねる。「どういうことなの？」

「この海の底には、巨大な火山が南北四万キロにわたってそびえている。地球奥深くから湧き上がってくる膨大な熱エネルギーが、マグマとなって噴出している場所なんだ。こんなところで地球からエネルギーを吸い取ったりしたら……」

「ど……、どうなっちゃうの？」

ドラえもんの顔に汗がたれる。

「……大変なことになる。想像できないくらいに」

思わずさけんだ。

「じゃあシルバーを止めなきゃ！」

フロックに向き直った。「ねえフロック！　シルバー船長を止めなきゃ！」

フロックはうつむいたままだ。

「信じられない……。未来の世界を見てきた父さんがひどく落ちこんでいたのは知っていたけど、まさか、地球そのものが滅んでしまう未来だなんて……」

顔を上げた。

「信じたくないよ。父さんはどうしちゃったんだ⁉　母さんが作った船を海賊船なんかにして、自分たちだけが助かろうとするなんて！　父さんはもう、ぼくやセーラのことなんて、なんとも思ってやしないんだ！」

目の奥に涙をためている。それがこぼれないように必死に耐えているみたいだ。

「ねえお兄ちゃん。船に戻ろう！　お父さんを止めなきゃ！」

フロックの右手をとってセーラが言った。

のび太もフロックの左手をとる。目を見て言う。

「それに、ぼくらはしずかちゃんを助け出さなきゃ！」

ジャイアンがこぶしを振り上げた。

「そうだ！　お前が行かないって言ったって行くからな。おれたちは絶対に、あの海賊船に向かうからな！」

「……みんな」

フロックが顔を上げた。目に光が戻っていた。強くうなずく。

「わかった。行こう！」

「うん！　行こう、フロック！」

みんなの心が一つになった。あとはシルバーの船に向かって出発するだけだ。だけど――。

「でもよう、船がなくなっちまったんだぞ。どうやって海賊船まで行くんだ？」

ジャイアンが片目だけ小さくしてそう言った。そう。船がないのだ。ドラえもんが困った顔のままポケットをさぐっている。

「大きな船はもうないけれど、ウオライダーとサメライダーがみんなの分あるから、これに乗って行けばなんとか……」

言いながらもドラえもんの顔は困ったままだ。

「でも……、ライダーはもともと水遊び用の乗り物だから、長い距離を走るのには向いてないんだ。どうしたら……」

フロックがドンと胸を叩いた。

「ぼくがやるよ。みんなのライダーの性能を、ぼくができるかぎりアップしてみる。それならきっと海賊船まで行ける」

フロックの手をとる。目に涙を浮かべながら言う。

「フロック……。ありがとう！」

黄色いクラゲがぴょこんとのび太の手のひらに載った。キッと引き締まった顔をして、黄色の触手で海の向こうを指し示す。

「しずかちゃんのクラゲが案内してくれる！　みんなで宝島に乗りこもう！」

4

モニターに映っているのは目をそむけたくなる光景だった。こんなに残酷な光景はいままで見たことがない。だって何もかもが止まっていくのだ。海の中を映しているモニターには、海底を歩くエビやカニが映っていた。エビの足の動きがだんだんとゆっくりになり、ハサミを持ち上げたままやがて静止する。ヒトデが体を小さくし硬くなっている。プランクトンだろう、小さな生き物が海底に沈んでいく。水の動きまでスローになっている。画面が一瞬だけブレたと思ったら、次の瞬間には海底に大きな亀裂が走っていた。亀裂の底は見えないほど深い。深い水の中にあるというのに、画面に映る何もかもがとても乾ききって見えた。指を触れただけで、すべてがサラサラと、砂のお城のように崩れてしまいそうだ。

目の前で、海が凍っていく。

「地球が……、壊れちゃう……」

しずかはつぶやいた。シルバー船長はまばたきもせずにモニターを凝視している。

「どうしてなの？　どうしてあなたはこんなことをするの⁉」

そんなことを言うのは危ないとわかっていた。けれど止められなかった。セーラのお父さんだというシルバー船長の顔に、モニターの白い光が当たっている。シルバー船長の表情は変わらない。世界が壊れていくのを見ても、眉一つ動かさない。

シルバー船長が短く答えた。

「すべては、子どもたちのためなのだ」

何を言っているのかわからなかった。

「地球をこわして、何が子どもたちのためなの⁉」

シルバーがしずかを見た。まるでモノを見るように冷たい目をしていた。

「この星に、もはや未来はない。われわれ大人たちは、この星の未来を奪ったのだ」

*

ドンという振動にライダーが海面上に浮き上がった。あわててハンドルを握りなおす。

ドラえもんが「くっ！」と悲痛な声を上げた。

「海底火山が噴火してる……！　どんどん地球がおかしくなってるんだ！」

頬に冷たいものを感じた。海水じゃあない。のび太は空を見上げる。青い空にチラチラと白いものが舞っていた。手のひらに受ける。そしておどろく。

「見て、ドラえもん……！　これ！」

「な！　これはまさか……、雪!?」

ジャイアンとスネ夫が天を仰いだ。「ウソだろ!?　八月だぜ!?」

みんなで空を見上げた。白い雪の舞う夏空は世界の終わりを思わせた。身震いするような光景だ。

「地球が……、どんどん冷えているんだ」

「まさか……、これがシルバーのしていることなの？」

ウオライダーでフロックの隣を走っているセーラが、涙のまじった声で言った。

「わたし、船で見たの。この星のコアのエネルギーを奪うんだってお父さんは言ってた。だからきっと、そのせいで地球が……」

フロックがさけぶ。

「父さん……！　何てことを……！」

「まずいよドラえもん！　早くシルバーを止めないと、地球が壊れちゃうよ！」

「うん！」

さらにスピードを上げる。ドラえもんが腕を前に突き出した。

「見えた！　やった！　追いついたよ！」

海賊船はまだ同じ場所にあった。半透明のドームにおおわれた町の形のままだ。

「そうはさせねえぞ！」

聞き覚えのある声がした。フナの形をしたライダーがみるみるこちらに近づいてくる。男の声が空気を震わせて響く。

「世界一の海賊、ガガ様とビビ様がお前らをここで止めるからな！」

「ガガとビビ……!?　あいつらだ！」

ガガの右手がサッと上がった。それを振り下ろす。

「お前ら、やつらをひっ捕らえろ！」

水しぶきを上げて、ドクロの仮面をかぶった海賊たちが襲いかかってきた。

「うわあっ！」

頭を守り、目を閉じてうずくまる。目を開けたら、目の前に大きな背中が見えた。その背中がふくらんだりしぼんだりしている。「ジャイアン……！」

「ボサッとしてんなのび太！」

刀を振りかぶった海賊をジャイアンが止めていた。「こんなところでやられてたまるかっつーの！」

海賊の一人を押さえつけたままジャイアンがガガをにらみつけた。そのまま言う。

「しずかちゃんはどこだ！」

ガガが固まった。

「えっ……？　それはだなぁ……」

ジャイアンの後ろの席にいるスネ夫がとっさに口をはさんできた。にくらしげな口調になって言う。

「なんだぁ。世界一の海賊なのにそんなことも知らないのぉ」

ガガの顔が真っ赤になる。

「なんだと！　ちゃんと知ってるぞ！　船長といっしょだぁ！」

ビビがあわてている。遠くからさけんだ。

「ちょ……、コラ、ガガ！　言っちゃダメだろ！」

「あっ！　ゴメン、ビビちゃん！」

スネ夫は止まらない。

「へえー。じゃあその船長室がどこにあるのかは知らないでしょ」

「ぐっ！　それは……！」

「やっぱり知らないんだぁ。知ってるなら言えるはずだもんね」

「ぐぐ……！」

ガガがますます顔を赤くした。破裂しそうになっている。

「船長室は誰にも秘密なんだ！　おれだけじゃねえぞ。船長以外、誰も知らないんだから、しょうがないだろ！」

「誰も知らないって？」

「そうだよ！　船の奥深く、船長の大切なものの近くにあるってことしかわからねえんだよぉ！」

ドラえもんがのび太に目配せした。「さすがスネ夫だ。じょうずに情報を聞き出してる」

ビビがピラニアの形をした二人乗りのライダーを駆って近づいてきた。そのままの勢いでガガの頭をバシンとはたく。

「いてっ！　何すんだよビビちゃん！」

あきれ顔のビビがガガの隣に並んだ。

「まったくもう……。アンタは正直すぎるんだよ！」

頭を押さえたガガが、しかられた子どもみたいになっている。

「だってビビちゃん。うそをつくのは良くないだろ」

「そういうのをばか正直っていうんだよ」

「けどよう」

「いいから行くよ！　ガガ！」

ガガの顔が明るくなった。「おう！　わかったぜ。ビビちゃん！」

海賊たちが飛びかかってくる。ジャイアンがそのうちの一人を投げ飛ばした。海に落ちて水しぶきが上がる。そのままさけんだ。

「スネ夫！　こいつらはおれたちで食い止めるぞ！」

後部座席でスネ夫が腕を突き上げた。

「うん！　わかったよ、ジャイアン！」

ジャイアンがサメライダーを駆ってビビとガガのところに向かっていく。

「さあ行け、のび太、ドラえもん！」

「でも……！」

「しずかちゃんを助けろ！　フロックとセーラも行け！　父ちゃんを止めてこい！」

ジャイアンの後ろでスネ夫が笑っている。

「そうだよ！　ちょっとこわいけど、まかせとけって！」

「ジャイアン……、スネ夫……」

のび太はハンドルを握り締める。ありがとう。ほんとうにありがとう！

「必ずしずかちゃんを助け出すからね！　行こう！　フロック、セーラ！」

*

宝島が空に浮かび上がっていく。半透明のドームにおおわれていると思っていたけれど、空に浮かぶと海の中に隠れていた部分が見えて、はじめて全貌がわかった。ドームではなく、一つの大きな球なのだ。まるで透明のカプセルの中に一つの町を閉じ込めたみたいだ。一つの巨大な町が、空を舞っているのだ。

「ま、町が、飛んだー！」

ドラえもんがさけぶ。カプセルに包まれた町が空高く舞い上がっていく。のび太は思う。

――大きなカプセルの中に、人や動物や植物が大勢いる。

のび太は思う。ふしぎとその想いはストンと胸に落ちた。

――なんだか、地球みたい。

ドラえもんが顔をゆがめている。

「しまった！　地球のエネルギーを抜き取って、このまま宇宙へ飛び立つつもりなんだ！」

「どうしよう、ドラえもん！」

フロックがさけんだ。

「のび太、ドラえもん！　二人とも、ハンドルのスイッチを押すんだ！」

フロックにそう言われて、ドラえもんと顔を見合わせてハンドルのスイッチを押した。途端に
ウオライダーの羽が真横に広がり、広がった羽が細かく上下に羽ばたき始める。

ふわっと体が浮くのを感じた。フロックが言っている。

「こんなこともあろうかと改造しておいたんだ！」

ドラえもんが大きく口を開けた。

「そうか！　大きなむなびれが羽になって飛べるんだ！」

のび太は目を輝かせる。

「すごいや、フロック！」

フロックが笑っている。笑ったまま、空高くに浮いている宝島を見つめている。

「一気に上陸するぞ！」

アクセルを全開にした。

「アイアイサー！」

＊

「へへ……。こないだみたいにはいかねえぞ。なにしろコッチには……！」

ジャイアンが腰に差していた刀を引き抜いた。それが太陽の光を受けてギラリと輝く。

高々と掲げた。

「〝名刀電光丸・改〟だ！　フロックが改造したドラえもんのひみつ道具だぜ！」

サメライダーを駆り、刀を持った手を振り上げてビビに飛び掛かっていく。まるでカウボーイのようだ。ビビが長い刀でジャイアンの刀を受け止めた。ビビの表情に余裕がなくなっている。

この前とはあきらかにちがう。

「くっ……！　なかなかやるじゃないか！」

「あたりまえだ！　地球を壊されてたまるかっつーの！　そしたら父ちゃんや母ちゃんやジャイ子はどこに住みゃあいいんだ！　おれはどこで店番して、どこでリサイタルを開きゃいいんだ！　どこでジャイ子の漫画を応援してやりゃいいんだ！　そんなの、困るっつーの！」

後部座席でスネ夫がつぶやく。「リサイタルはなくていいけど……」

ビビの額に汗の粒が浮いている。

「地球がなくなるのが嫌かい？」

「あたりまえだ！　この星は、おれたちみんなのふるさとなんだぞ！」

ガガがフナの形をしたライダーを寄せてきた。さけんでいる。「ビビちゃん！　いま行くぜ！」

「気をつけな、ガガ！　もう一人のチビも何かする気だ！」

ビビが短く言った。ガガがキッとスネ夫をにらみつける。

「わかったぜ！　ビビちゃん！」

「行け！　〝ころばし屋・ネオ〟！」

スネ夫の声がした。

スネ夫の乗る後部座席のハッチに、黒ずくめの服を着込んだ丸っこいロボットが銃を構えている。大きめの卵くらいのサイズだ。スネ夫がガガを指差す。「あいつを転ばせろ！」

ころばし屋の指先からパンと音がして、小さな空気のかたまりがガガの胸にぶつかった。ガガがパチクリと目をまたたかせて、空気の弾がぶつかったところを見ている。

「なんだ？　何にも起きないじゃ――」

そこまで言ったところで、ガガの体がクルンと半回転した。両足が空を向いて、そのままライダーの床に背中から落ちる。「うおっ⁉」

スネ夫が笑っている。

「へへん！　どうだ！　ころばし屋に撃たれた人は絶対に転んじゃうんだ！」

ガガがつまみ帽を押さえて起き上がった。ビビの乗っているピラニア型のライダーに目をやる。

「……ビビちゃんよう。そっちの船に移っていいか？」

ビビが無言でガガを見ている。

「あっちも二人、こっちも二人……。ガチンコで勝負したくなった」

ビビが笑う。「フン……。なるほどね」

大きく手を振ってビビが言った。「ガガ、来な！　それでこそ海賊ってもんだ！」

ジャイアンとスネ夫が乗るサメライダーに、ビビとガガの乗るピラニアライダーが対峙する。

真正面からにらみ合う。

ガガがさけんだ。

「行くぞ！」

ジャイアンとスネ夫はそれに応じる。

「おう！」

5

のび太たちのライダーは〝町〟に迫っていた。近くで見ると、まるで光でできたパネルのようだ。キラキラと輝く小さな四角形のパネルが寄り集まって、町全体を包み込んでいるのだ。どこにも入り口なんてない。

「どうしよう、ドラえもん！」

ドラえもんが道具を取り出した。

「〝とおりぬけフープ〟！　これでバリアを突破しよう！」

ライダーの上でタケコプターを着け、ライダーを回収した。ドラえもんがとおりぬけフープをバリアにセットし、そのままフープの中に頭からつっこむ。

ガン、と大きな音がした。

「イテテテ……」

ドラえもんが頭を押さえて目に涙を浮かべている。「とおりぬけフープが使えない！　ボクの時代にない材質でできてるんだ！」

フロックがクイズを呼んだ。「クイズ！」

「クイーッ！」

クイズが入力端末に変形する。クイズをフープにつなぐと、フロックがすばやくキーボードを叩いた。途端にフープが輝き出す。

「これでよし。もう通り抜けられるよ」

思わず目を丸くしてしまう。「フロック……、君って本当にすごいね」

ドラえもんが頰を赤くしてのび太から目をそらしている。いじわるく言ってやった。「それに引き替え……」

「もう！　行くよ、のび太くん！」

ドラえもんが先陣を切ってフープに飛びこんだ。すぐにフロックとセーラも続く。のび太も飛びこむ。のび太の後にクイズがパタパタと羽を鳴らしてついてくる。

広大な町を上空から見下ろした。完全に一つの町だ。何でもある。建物や交通機関だけじゃない。畑や池、公園まであった。緑もたくさんある。街路樹の向こうには人が歩いている。振り返ってバリアの外が空であることを確認しないと、ここが船の中であることを忘れてしまいそうだ。

「これが、シルバーの作った〝方舟〟なの……？」

フロックがくちびるをかんでいる。

「……もともとは、この町全体が一つの実験施設だったんだ。のび太は、バランスドアクアリウムって知ってるかい？」

「バランス……、なに？」

「ガラスの瓶の中に小さな生態系を閉じ込めたもののことだよ。密閉したガラス瓶の中に魚を閉じ込めたら、魚はすぐに死んでしまう。ガラス瓶の中には、魚が必要とする酸素や栄養がないからね。だけど、魚といっしょに、土や水草や小さなプランクトンを入れてやれば、魚は長く生きられる」

「えっ？　どうして？」

「太陽の光があれば、水草が酸素を作ってくれる。その酸素を魚が呼吸するのさ。魚は呼吸によって酸素を使って、二酸化炭素を吐き出す。その二酸化炭素を今度は水草が吸収するんだ。食べ物だって同じだ。魚がプランクトンを食べてフンをする。そのフンは水の中にいるバクテリアによって分解されて、今度は水草やプランクトンが育つための栄養になるんだ。こうしてガラス瓶の中で、生き物にとってたいせつな物質がぐるぐる循環する。この循環を保つことができれば、生き物はそこで長く生きられる。完全な循環系を作ることができれば、いつまでだって生態系を保つことができるんだ」

「なんだかむずかしいけど……、要するに、みんな助け合って生きてるってこと？」

「そう。よくわかってるじゃないか、のび太」

町に降り立った。

「ううん……。その話とこの町と、どんな関係があるの？」

フロックが町を見渡している。緑がある。人や動物がいる。自動車が走っている。畑がある。上を見れば、半透明のフィルターを通して太陽の光が射しこんでくる。

「母さんは、町一つを使って、巨大なバランスドアクアリウムを作ったんだ。この町は、つまり、小さな地球なんだよ」

思わずあたりを見回してしまう。これが、地球？

「この町は、外の世界から完全に独立している。すべて自給自足で回っているんだ。だけど一つだけ、どうしても自給自足できないものがある。それが太陽の光だよ」

フロックの歩みが早くなった。

「セーラの話を聞いてようやくわかった。父さんは、この星のコアエネルギーを奪って、この町を維持するための、太陽の代わりにしようとしているんだ」

追いかけて声を大きくして言う。

「なんとかしてシルバー船長を止めなきゃ！　ねえフロック。ガガは、船長室は船の奥深くにあるって言ってたよね。船長室はどこにあるの？」

「それが、ぼくにもわからないんだ」

セーラが言葉を続けた。

「船長室への道を知っているのはお父さんだけなの。わたしたちも知らないの」

「そんな……。じゃあ、どうしたら？」

クイズがのび太の頭の上にとまった。クイーと一声鳴く。

「出せるのに入れられない。とけるのに固まらない。これ何ナゾ？」

「ええっ⁉　出せるのに入れられない……？　わけがわからないよ！」

ドラえもんがガバッと体を持ち上げた。

「とけるのに固まらない……。わかった！　〝クイズ〟だ！」

「ピンポン！」

フロックがパッと顔を明るくした。

「クイズ……？　そうか！　クイズは父さんが作ったんだ！　クイズなら、船長室への道を知っているはずだ！」

「そうよ！　クイズがきっと、わたしたちをお父さんのところに連れて行ってくれる！」

みんなでクイズを見た。たくさんの視線を浴びてクイズが鳴く。まるで胸を張っているみたいだ。

「クイーッ！」

居住エリアは広大だ。カプセルの中という限られた空間を有効活用するためだろう、町の構造は複雑だった。道路は立体的に張り巡らされているし、高さを利用するために建物も多くが高層建築だ。上下に移動するためのエレベーターやエスカレーターも無数にある。

「クイズ！　どっちへ行けばいい？」

真ん中に噴水が設えられた十字路が見えてきた。フロックがたずねるとクイズのクイズが返ってくる。

「上から読んでも下から読んでも同じになる方向、何ナゾ？」

頭が混乱する。「上から読んでも下から読んでも……？」

フロックが答えた。

「そうか！　みなみ……。南だ！」

今度はエスカレーターだ。町の上層と下層をつないでいるものらしい。

「上か下か、どっちだ？　クイズ」

「味を感じる方向、何ナゾ？」

今度はフロックにもわからないみたいだ。首をひねっている。

「のび太、わかるかい？」

そう聞かれたけどぜんぜんわからない。照れ隠しに舌を出した。「ごめん。わかんないや」

その瞬間に、セーラが嬉しそうに声を上げた。「そう！　舌！　下よ！」

どんどん進む。景色がしだいに寂しいものに変わってきた。居住エリアを抜け、生産プラントを通り過ぎ、いまはもう、あたりに動力部らしき大きな機械が見え始めている。

「なんだか、どんどん下の区画に来ちゃってるみたいだけど……」

不安になってそう言ったら、ドラえもんがジトッとした目をクイズに向けた。

「クイズぅ……。本当にこっちであってるの？」

とたんにクイズがムッとする。

「竹刀を持つのは剣道、弓を持つのは弓道、ナイフやフォークを持つのは何ナゾ？」

「ナイフやフォーク？」

ドラえもんと顔を見合わせる。同時に言った。

「わかった！　〝食堂〟だ！」

「この船の食堂って言ったら……！」

今度はセーラとフロックが顔を合わせた。声をそろえる。

「マリア亭！」

＊

「なんだいアンタたち、ずーっと居座って！　いくらロボットだからって、ウチの店に来たからには何か注文してくれなきゃこまるんだよ！」

マリア亭の前についたら、店の中から女の人の大きな声が聞こえてきた。セーラが短く「店長のマリアさんよ」と言う。

ドアを開けた瞬間、たくさんのテーブルのお客がいっせいにこちらを見た。全員が海賊ルックに身を固めたロボットだ。海賊ロボットの目が赤く光り、いっせいに飛び掛かってきた。

「わああ！　なに？　なに!?」

壁に背中をこするようにして飛び退く。フロックが短くさけんだ。

「まちぶせされたんだ！　みんな、逃げろ！」

「逃げろって、どこにぃ!?」

海賊ロボが追いかけてくる。走るのび太の背中でクイズが早口に言う。

「あつーい窓。何ナゾ？　何ナゾ？」

逃げながら答える。ちょっと涙も混ざってしまう。

「こんなときにクイズはやめてぇえ！」

みんなも海賊ロボに追いかけられている。クイズがセーラのところに飛んで行った。また言ってる。「あつい窓！　何ナゾ？　何ナゾ？」

「わかった！　パンを焼くかまどはものすごく熱いの！　だから、かま、かまどね！」

セーラが走りながらさけんだ。

そのまま言う。

「みんな、厨房のかまどへ！」

一番にたどり着いたのはフロックだった。かまどの扉を開けて中をのぞきこんでいる。

「奥に小さな扉がある！　隠し通路になってるんだ！　急いで！」

フロックに続いてドラえもんがかまどに飛びこんだ。のび太も続く。手を伸ばしてセーラの腕をつかもうとしたら、セーラがぐいと引っ張られた。セーラの背後に海賊ロボの表情のない顔が見え隠れしている。

「きゃあ！」

「セーラさん！」

その瞬間、カアンと高い音がして、セーラをつかんでいた海賊ロボの腕がゆるんだ。セーラがはいずってこっちに来る。隣にきていっしょに扉を振り返った。

「セーラに何するんだ！　うちの店員に手出しするやつは、何人たりとも容赦しないよ！」

セーラの目がうるんでいた。「マリアさん……！」

扉の向こうですさまじい音が聞こえ始めた。フライパンが何かを打つ音。テーブルが倒れる音。どなり声。男たちの声も聞こえてくる。「セーラを守れ！」

「マリア亭を荒らすんじゃねえ！　ここはおれたちのオアシスなんだよ！」

「セーラのフレンチトーストが食えなくなったらどうしてくれんだ！」

マリア亭の常連客たちが海賊ロボと戦ってくれているのだ。マリアさんが扉の前に顔を出して言ってくれた。

「セーラ！　事情はよくわからないけど、しずかを助けてやっておくれよ！　あの子がいないと、このお店回んないんだから！」

セーラの目から涙がひとしずくこぼれた。

「マリアさん……、みんな……、ありがとう！」

隠し扉の向こうは細い通路になっていた。列になり、身を屈めてそこを行く。真っ暗だ。

「ドラえもーん。なんにも見えないよう」

「ちょっと待って。いまライトを……」

のび太のポケットからぴょこんと何かが飛び出してきた。そのままのび太の手のひらに乗る。のび太の手のひらが黄色い光に包まれた。ドラえもんが目を丸くする。

「しずかちゃんのクラゲだ！　ぼくらの行く先を照らしてくれてるんだ！」

嬉しくなる。しずかちゃんのところに案内するために、ずっとぼくについてきてくれたんだ。

道はだんだん広くなり、やがて明るい通路に出た。だけどすぐに迷ってしまう。目の前には右と左に分かれた二本の道だ。

「どっちに進めば……？」

三叉路の分かれ道には小さなテーブルが置かれていて、その上に二つの花瓶が載っていた。右の花瓶にはピンク色のコスモス。左の花瓶にはカーネーションが一輪咲いている。

「ママが好きな花は？　何ナゾ？」

クイズがたずねた。

すぐにセーラが答える。

「コスモス。右ね！」

細い上り坂をはい上がる。出口の先には開けた場所があって、右手の奥に星型のマークのついたエレベーターが、左手の奥に太陽のマークのついたエレベーターが見えた。

「今度はどっち!?」

「パパが好きな形は？　何ナゾ？」

今度はフロックが答えた。迷わなかった。

「星型だ！」

エレベーターでさらに下降する。開いた扉の向こうには、白っぽい明るい色のドアと、暗い色のドアが並んでいた。クイズが言う。

「ママのドア。何ナゾ？」

フロックとセーラは迷わずに白いドアを選んだ。のび太には何のことかぜんぜんわからない。けれどフロックとセーラにはわかるのだ。

いつの間にか、二人はかたく手をつないでいた。

「ママの名前はフィオナ。フィオナは、〝明るい〟って意味だ」

フロックとセーラの後に続きながら、のび太は隣のドラえもんに言った。

「なんだか……、案内されてるみたいだね」

「うん……」

フロックとセーラが並んでいる。フロックがセーラに語りかけてる。

「セーラ。覚えてるかい。昔、母さんがまだ元気だったころ、母さんとセーラが、ぼくと父さんにフレンチトーストを作ってくれたことがあっただろう？」

「うん。覚えてる。忘れない」

「あの時、テーブルの上にはコスモスの花が揺れてた」

「うん。お兄ちゃんは、お父さんが作ってくれた星型のパズルを解こうとして夢中になってた」

「父さんは笑ってた」

「お母さんも。すごく楽しそうだった」

「幸せだった」

「うん」

「あの瞬間は父さんにとっても」

「うん」

「宝物だったんだ」


思い出したんだ。母さんがもう、治らないってわかったとき——。ぼくら家族が母さんのベッドを囲んでいたとき。

ほほえみながら、母さんは言ったんだ。母さんの手をとって、ただひたすらに祈っていた父さんに言ったんだ。

「——わたしとあなたの、宝物、なあんだ」

しぼりだすみたいにして父さんは答えた。ほとんど声になっていなかったな。でも聞こえた。

父さんの気持ちは、ぼくとセーラにちゃんと届いた。

「フロックと、セーラだ。それと——、私にとっての宝物はもう一つある。フィオナ、お前だ」

母さんは笑ったよ。すごくきれいだった。あんなきれいな笑顔、ぼくはいままで見たことがなかった。

最後に、母さんは言ったんだ。ぼくとセーラの母さんとして、父さんの妻として、そして一人の研究者として。

そして、たぶん、人間として。

「子どもたちの未来を、……頼むわね」

母さんが亡くなってからしばらくしたある日、父さんに呼ばれた。セーラといっしょに研究室に行って、父さんから丸い玉を受け取ったんだ。

「これなに？　お父さん」

「私はフィオナのように、上手にお前たちにクイズを出してやれない。だから作ったのだ。フィオナの考えたたくさんのクイズをこのロボットに詰めこんだ。フロック、セーラ、その玉のてっぺんにあるスイッチを押してごらん」

ぼくが玉を支え、セーラがてっぺんのスイッチを押した。とたんに玉はバラッと分解して、羽が生え、くちばしが開いた。クイーッと一声鳴いて、そいつはぼくの頭の上に飛び乗った。

「出せるのに、入れられない。とけるのに、固まらない。これ何ナゾ？」

「何ナゾ？　何ナゾ？」と言いながら、オウム型のロボットはぼくとセーラのまわりを飛び回り始めた。

父さんが笑いながら教えてくれた。

「答えは、ク、イ、ズだ。このオウム型ロボットの名前はクイズだ。今日からクイズが、フロック、セーラ、お前たち二人の友だちになってくれる」


「それからはずっといっしょだった。ぼくとセーラとクイズは、いつもいっしょだった」

フロックの声がしめっていた。セーラがフロックの手をぎゅっと握りしめた。

のび太は思う。

――ぼくには、ドラえもんがいて、みんながいて、パパとママが近くにいてくれる。

フロックが言っていた言葉を思い出した。

「のび太はいいな」

そうなのかもしれない。

ぼくは、気づいていなかっただけなのかもしれない。

「君も男ならやってみろ。逃げたりしないで。つらいこと苦しいことに、ドンとぶつかっていけ！」

あんまり毎日なまけていたら、そう言われて、パパに何十分も叱られたことがあった。はじめは、こんなにも叱るなんてなんてひどい親だろうって思った。でも、パパの話を聞いているうちに気がついたんだ。これは叱られてるんじゃない。励まされてるんだって。

ママとけんかして家出したとき、短い時間が何時間にも感じられるようになるドラえもんの道具を使って、何日もぼくが帰ってこないみたいに思わせて、ママを困らせたことがあった。

あの時、ママは泣いていた。きっとものすごく叱られると思ったのに、「よかった」とだけ言われて抱きしめられた。もちろん、あとでこってりと叱られたけど、叱られるのが嬉しかった。大事にされてるってわかったから。パパとママにとって、ぼくは宝物なんだってわかったから。

――フロックのお父さんも、きっと……

「ここは……？」

「わからない。倉庫かな？　船の底にちかいところだと思うけれど……」

フロックと並んで、重い扉を押し開けた。光が洪水になってのび太たちをつつみこむ。

「わあ……！」

そこには、いつか夢で見たのと同じ光景が広がっていた。一面を金銀財宝で埋め尽くされた広大な部屋。さまざまな時代の金貨や宝石が床に転がり金色のじゅうたんのようになっている。中身がいっぱいに詰まった宝箱が無防備に口を開けている。目がくらむほどのお宝の山だ。

「すごいお宝だ……」

のび太はつぶやく。

「まるで、夢に見た宝島みたい……。だけど——」

ドラえもんを見た。ドラえもんものび太と同じ顔をしていた。しっかりと、前だけを見ていた。

「ちがうよね」

「うん。本物の宝物は、ここにはないんだ」

前を行くフロックとセーラを見た。二人も前を見ていた。

財宝をかきわけて進む。前を向いて進む。

やがて、財宝の向こうに透明なチューブの内に入ったエアカプセルが見えてきた。船の上層へ移動するためのエレベーターの役目を果たすものだ。

クイズが言った。フロックとセーラに、まるでママが子どもに語りかけるような口調で。

「パパとママが好きだった星は？　何ナゾ？」

フロックとセーラが同時に言う。「地球！」

はるか上に、ドーム型の部屋が見えた。その外観は水と緑に満ちている。

それはこの星。

地球だ。

「フロック、セーラ。本当の宝物を見つけに行こう」

のび太は言った。みんなが強くうなずく。

「うん！」

エアカプセルが空に昇る。みんなで心を一つにして昇る。

行くのだ。シルバー船長のところへ！

*

ピラニアライダーに乗ったビビの背中でガガが銃を放つ。ジャイアンとスネ夫のサメライダーは大きく弧を描いてビビのライダーに突っ込んで行く。ジャイアンがハンドルから手を離すと同時にさけんだ。

「スネ夫！」

「まかせて！」

運転席にスネ夫が飛び込み、ビビのピラニアにジャイアンが飛び乗った。そのまま電光丸で切りかかる。

「くっ！」

ビビが片手の刀でジャイアンの刀を受け止めた。そして叫ぶ。「ガガ！」

「おう！」

ガガの腕が伸びてきて、拳銃のバレルでジャイアンの刀をはね上げた。ジャイアンがよろめいて、それからニッと笑う。

ジャイアンとにらみ合ったまま、ビビが背中のガガに言う。

「ガガ。アンタ、いまどんな気持ちだい？」

スネ夫のころばし屋がガガに向かって空気弾を放った。ビビが立ち上がり、刀を振って空気のかたまりを弾き飛ばす。

後部座席のガガがビビに言う。

「おう。ビビちゃんには怒られるかもしれねえけど……」

「なんだい？」

「正直、楽しい」

「そうかい」

「ああ」

「フン……。アタシもさ」

ビビの足に力がこもった。運転席から飛び上がるようにしてジャイアンに切りかかる。電光丸でビビの刀を受け止めたジャイアンは「ぐうっ！」とうなる。

ビビの目が笑っていた。

「やっぱり、海賊はこうじゃなくっちゃね」

ガガもニヤリと笑う。

「ああ。まったくだ」

戦いは続いた。ジャイアンとスネ夫の息が切れ始める。

スネ夫がさけんだ。

「ジャイアン！　例の作戦で行こう！」

「おう！」

ジャイアンが運転席に戻り、ビビとガガから距離を取った。顔中を汗にしたビビがニヤリと笑う。「なんだい？　今度は何を見せてくれるんだい？」

「スネ夫、頼んだぞ！」

ジャイアンが後部座席に飛び移り、入れ替わりにスネ夫がハンドルを握った。「う、うん！

まかせて！　一度だけだけど、いとこのスネ吉兄さんとやったことあるから！」

スネ夫がぐっと前を見据えた。その目にビビとガガを捉える。

ジャイアンがスネ夫の背中をバシリと叩いた。

「行け！　スネ夫！」

スネ夫はアクセルを全開にする。「フンガッ！」

サメライダーが猛烈な水しぶきを上げてビビたちのピラニアに突っ込んで行く。ビビとガガは船の上に立って突っ込んでくるスネ夫とジャイアンを見ている。

「なんだい？　正面突破とは芸がないね！」

ビビが長い刀をギラリと光らせた。その瞬間、スネ夫がハンドルをグッと押し込んだ。途端にサメライダーの鼻先が海に沈む。そのまま魚雷のように海中に突っ込んだ。見えなくなる。

「あいつら、海の中に⁉」

ガガがさけんだ。ビビが落ち着いた声でつぶやく。

「フン……。アタシらの目の前で飛び出そうって魂胆だろ」

海中に目をやる。サメの形をした影が目の前に迫っていた。海がドバンと砕けてサメの口がビビに迫る。ビビが笑った。「見え見えなんだよ！」

ビビの大きな刀が真っ直ぐに振り抜かれた。海上に飛び上がったサメライダーは真っ二つになる。真っ二つになったライダーはそのままビビたちを飛び越えて再び海面に落ちていく。ライダーから放り出されてスネ夫が悲鳴を上げていた。「ひぇー！　ママぁー！」

ビビがハッと身を固めた。「もう一人は!?」

頭の上で声がした。

「ここだぜ！」

ジャイアンがビビの目の前に落ちてくる。その頭には真っ赤なキャプテンハットをかぶっていた。「こいつがとっておきだ！　なりきりキャプテンハットぉ！」

ドスンとデッキに降り立つ。同時に指を突き付けた。

「船長の命令は――！」

ビビとガガの動きが止まった。刀を振りかぶっていた腕、踏み出していた足がぐぐと直立の姿勢になっていく。

「絶対！」

ビビとガガがビシリと敬礼の姿勢になった。ビビの頬がピクピク震えている。

悔しそうな声が悲鳴みたいに聞こえてきた。

「ア、アイアイサー！」

海中からスネ夫がひょっこり顔を出した。びしょぬれのままVサインをしている。

「作戦立案はボクだからね！　そこんとこ、忘れないでよ！」

ジャイアンがビシリと親指をつき立てた。勝利宣言だ。

「わーかってるって。よっしゃあ！　スネ夫&ジャイアンズ、大勝利だ！」

6

航海日誌（二一XX年X月X日）

ついに〝ノアの方舟計画〟実現の目途が立った。

この星はもはや救えない。だが、もはや救えない星であっても、それを捨てることで、私は世界中のあらゆる時代のすべての人間たちから、ののしられ、さげすまれることだろう。

だが構わない。すべては子どもたちの未来を守るためだ。

今はまだ、ごく一部の人間しか、〝ノアの方舟計画〟のことを知らない。この船ではたらく者たちはみな、様々な時代の海賊の残党やその家族たちだ。多様性を保ったまま、船内で一つの町を維持する実験と称して、町の住人には、世界中のあらゆる人種、あらゆる特性を持った人々を意図的に集めた。この船は地球の縮図だ。小さな地球だ。

この船に暮らす子どもたちに、計画を決して知られてはならない。破滅の未来をつくったのはわれわれ大人たちだ。子どもたちに責任は負わせられない。すべてはわれわれ大人の手によって行われねばならないのだ。

悪に徹して世界中の財宝を集め、計画決行の日まで、真実を隠そう。

いよいよ決行の日となり、地球を離れ、もう後戻りのできない状態になったとき、はじめて子どもたちに話せばいい。

きっと理解はされまい。私は永遠に子どもたちから嫌われたままになるだろう。

だが、それでいい。それでも、子どもたちの命を守ることさえできればいい。地球は救えずとも、せめてフロックとセーラの命だけでも救うことができればそれでいい。

未来は――、われわれ大人が守らねばならない。

泣いているのかと思った。モニターの前に立つシルバー船長の背中はひどく悲しげで、見ているだけでしずかの胸は痛くなってしまう。フロックさんとセーラ、二人がここに近づいてくるのがモニターに映っている。二人の頭上にオウム型のロボットが飛んでいる。なにか話している。音声は届かない。だけど何となくわかった。フロックさんとセーラ、二人の目に涙が浮かんでいるのが。

——なんだか、二人して家に帰ろうとしているみたい。

しずかは言った。

「シルバーさん……。あなたは……」

シルバー船長が振り返らずに言った。沈んだ声だ。

「すべては大人の招いた結果なのだ。私はすべての大人を代表し、子どもたちの未来を救う。それだけだ。それが私のさだめだ」

ひどく悲しそうだ。悲しそうだからしずかは言う。

「ねえ、シルバーさん……。みんなで背負うことはできないの？　一人きりじゃ、きっとつぶれちゃうわ」

「——未来は……、何としても私が守らねばならないのだ」

その時だった。声が聞こえた。船長室のドアが開いて、薄暗い室内にパアッと光があふれた。

一瞬だけ目をつぶる。開いた。

そこにいた。

「未来は、ぼくたちがつくるよ！」

来てくれた。フロックさんとセーラさんもいる。

あふれ出すように声が出た。

「……のび太さん！」

＊

この声を聞きたかった。

のび太はさけんだ。心のままにさけんだ。

「助けにきたよ！　しずかちゃん！」

しずかちゃんの目がうるんでいる。その目にのび太、ドラえもん、フロック、セーラが映っている。

「のび太さん……！　ドラちゃん！」

しずかちゃんがのび太のところに駆け寄ってきた。のび太は手を広げて受け止めようとする。

その時、のび太の手のひらからクラゲがぴょこんと飛び上がった。しずかちゃんの胸にパッと飛びつく。

しずかちゃんの頬がパッと染まった。

「クラゲちゃん！　あなたがのび太さんたちを連れてきてくれたのね！」

クラゲに頬ずりしている。のび太は手を広げた姿勢のまま頬を赤らめる。はずかしい。

しずかちゃんがクラゲを抱いたまま、うるんだ目をこっちに向けた。

「のび太さん……。来てくれるって、わたし、信じてた」

のび太はシルバーと向き合って立つ。隣にはドラえもんがいる。背中にはフロックとセーラがいる。だから立ち向かえる。

シルバーの背後には巨大すぎる地球儀があった。それがゆっくりと自転している。地球儀の一点、大西洋沖の一点に赤い光が灯っていた。この海賊船の現在位置だ。シルバーの右肩越しにモニターが見えた。そこに緑色のゲージが映し出されている。シルバーが吸い取っている、地球のコアエネルギーの量を表しているのだ。

シルバーがのび太を見つめたまま言った。

「やがてこの星は終わる。希望をつながねばならぬのだ。子どもたちの未来を救わねばならぬのだ！」

ドラえもんが言った。

「でも、それで地球が壊れてしまってもいいの!?　自分たちだけが助かればいいの!?」

シルバーは迷わなかった。

「すべてを救うことはできない。しかたがないのだ」

のび太は言う。まっすぐにシルバーの目を見て言う。

「それが……、フロックやセーラの望んでいることなの？　二人の気持ちを考えたことがあるの⁉」

「彼らは……、まだ何もわからない子どもなのだ。お前たちもいずれ知る。犠牲を払わずに守れるものなど何もないのだ」

大きく腕を振って声を出す。

「確かに、ぼくたちはまだ子どもだよ。わかってないことばかりだよ。でも、大人は絶対にまちがえないの？　ぼくたちが大事にしたいと思うことは、そんなにまちがっているの？　きっと他に方法があるよ！　きっと……、何か見つかるよ！」

「そんなものはない。あらゆる方法を探りつくしたのだ」

「そんなのわからないじゃない！　まだ見つかってない方法があるのかもしれないじゃない！」

シルバーは揺れなかった。

「あらゆるシミュレーションを続け、あらゆる可能性を模索したのだ。だが、破滅を防ぐ方法は見つからなかった。もはや破滅は逃れられぬのだ。一部の人間だけでも生きながらえるよりない。そうするより、フィオナの願いを叶えるすべはないのだ。未来を守るためには——」

納得できない。そんなの絶対に、まちがってる！

「そんなのおかしいよ！　これは、未来を守ることじゃない！」

シルバーが口を閉じた。のび太は続ける。目を閉じて大きく口を開け、力いっぱいにさけぶ。

「未来は、みんなでつくるんだ！　ぼくはあきらめないよ！」

思いのたけをぶちまけた。

「たとえ大人がなんて言ったって、ぼくら子どもはあきらめないよ！　ぼくらは子どもだから、わからないことも知らないこともいっぱいある。だけど――、子どもだから、ぼくらは未来にやりたいことがいっぱいあるんだ！　だから、あきらめたりしないんだ！」

シルバーがのび太を見ている。ドラえもんが隣にいてくれる。ドラえもんが、ぼくと同じ気持ちでいることがわかる。わかるから強くなれる。ドラえもんがいるから、ぼくはぼくでいられる。

「ぼくは……、何回やってもかけ算を覚えられなかった。竹馬にも乗れなかった。でもいまはできるんだ。できるようになったんだ！」

ドラえもんが隣にいる。いっしょの時間を過ごしてくれる。

「ドラえもんはぼくに言ってくれたよ。『この小さな挑戦がのび太くんの未来をつくるんだ』って」

だからぼくは安心して失敗できる。安心して冒険できる。

「パパには『つらいことと苦しいことに、ドンとぶつかっていけ！』って言われた。ママがいつもいつもぼくを叱るのは、ぼくのためだってわかってる。だから！　できないかもしれないけどやってみるんだ！　そうすることに決めたんだ！」

ドラえもんは、決して、決してぼくを見離したりしない。

「だからぼくはあきらめない！　新しいことに挑戦したり、知らない人にあったりするのはこわいけど、それが未来をつくるって、みんなが教えてくれたから！」

思い切りさけんだ。

「だから……！　絶対にあきらめちゃいけないんだ！」

シルバーがつぶやいた。地球儀を振り返って言う。

「もう、……時間だ」

フロックが前に進み出た。右手をシルバーに向けて伸ばす。

「父さん！　やめてくれ！」

「星体エネルギーは『青い星』に満たされた。今すぐ宇宙に向けて出発する」

シルバーの手が、空中のキーボードを叩いた。船長室のすべてのモニターが一斉に点った。そこに世界中の光景が映し出された。海の国、山の国、草の国、ビルの国。夜の国も昼の国も、夏の国も冬の国もある。そのすべてに人間がいた。そのすべてに緑があった。生き物がいた。みんなそこにいる。みんな生きてる。

「あとは、エネルギーを満たした『青い星』を星間エンジンにセットするだけだ。それですべてが終わる」

シルバーが地球儀を仰ぐようにして言った。地球儀が「青い星」なのだ。「青い星」の直下には、まるでブラックホールのように大きく口を開けたパイプが見えていた。角度のきついスロープで「青い星」とパイプがつながっている。きっと、このパイプは海賊船下部のエンジンとそこにつながるエネルギーポットに直結しているのだ。そこにエネルギーのかたまりである「青い星」が落ちたらおしまいだ。吸い尽くされた地球のコアエネルギーは、そのすべてが〝ノアの方舟〟の推進力に変えられてしまう。新天地を探すため、ふるさとの星を食いつくすことになるのだ。それはだめだ。それだけはだめだ！

「やめて！　お父さん！」

セーラが声を割ってさけんだ。それでもシルバーのタイピングは止まなかった。ガコンと何かが外れる音がして、「青い星」を支えていたアームが外れ、巨大な地球儀がスロープの上を転がり始める。

シルバーの瞳に、転がり落ちる「青い星」が映っている。

「ドラえもん！　このままじゃエネルギーをもっていかれちゃうよ！　あの地球儀を止めなき

や！」

ドラえもんの肩をつかんで揺さぶった。ドラえもんが目を白黒させてポケットをさぐっている。

「なんかないかなんかないかなんかないか！」

いろんな道具が飛び出してきた。ほとんどがガラクタ。いまは役に立ちそうもない桃太郎印のきびだんごやほんやくコンニャク、重力ペンキなんかがそこらじゅうに散らばった。ドラえもんの声がますます速くなる。

「なんかないかなんかないかなんかないかあった！」

取り出すと同時に両手にはめた。「スーパー手ぶくろ！　それと――」

飛び出す。「タケコプター！」

スーパー手ぶくろをはめ、タケコプターをつけたドラえもんが、転がり落ちる地球儀の前に飛び込んだ。地球儀は大きい。巨大な船長室の半分近くを埋めていたのだ。ゆうに十数メートルはある巨大な球体をドラえもんがその両手で支える。ズシンと船全体を揺らすような振動が走った。

タケコプターがプスプスと煙を上げている。ドラえもんの顔がゆがんでいる。

「んぎぎぎぎ……！」

歯をくいしばってる。汗を飛び散らせてる。のび太はさけぶ。「ドラえもーん！」

シルバーがタイプする。「無駄だ。『青い星』の進行は止められない」

「むぎぎぎぎ……！」

押されている。スーパー手ぶくろとタケコプターの力でも地球儀が落ちるのを止められない。

ドラえもんの歯がギリギリ鳴っている。フロックの肩からクイズが飛び立ち、ドラえもんのところに飛んで行った。真っ赤になっているドラえもんにクイズが言う。

「パンチの次に飛んでくるもの、何ナゾ？」

「ピ、ピ、ピ、ピンチー！」

ドラえもんがさけぶ。ボロボロになりながら力いっぱいにさけぶ。

「フロック、セーラ！　君たちはまちがってない！　まちがってないんだ！」

のび太はどうしていいのかわからない。ドラえもんがピンチだ。絶体絶命のピンチだ。ドラえもんはいつもぼくを助けてくれるんだ。いつも助けられるのはぼくなんだ。なのに今はちがう。いまは――、どうしよう。ぼく、どうしよう。

フロックが頭を抱えている。「どうしたらいい？　どうしたら父さんを止められるんだ!?」

セーラがさけんだ。

「お兄ちゃん！　お母さんがこの船を作ったときには、あんな大きな装置なんてなかった！　だから――」

フロックが顔を上げた。「そうか！　後から足したものなら、必ず切り離せる！」

続けて言った。

「クイズ！　ぼくのところへ！」

フロックがクイズを呼び寄せ、入力端末に変形させた。シルバーのコンピュータにクイズを接続する。

作業するフロックをシルバーが見ている。

フロックとシルバーの目が合った。

「エンジン装置を切り離す！　父さんのプログラムを書き換えて、装置を止めるんだ！」

シルバーは落ち着いていた。

「フロック。やめておけ。私のプログラムには勝てない」

「やめない。ぼくは父さんを、止めてみせる！」

タイピングの音が響き始めた。モニターが激しく明滅する。地球儀をエネルギーポットに落とそうとするシルバーと、それを阻み、装置そのものを切り離そうとするフロック。お互いにしようとしていることは真逆だ。フロックの指がすさまじい速さで動き続ける。フロックの額にあっという間に汗が浮きはじめた。シルバーは淡々とタイプを続ける。プログラミングのことなんてわからない。だけどそれでもわかることがある。シルバーはすでにできあがったプログラムを動かしているのだ。それに対してフロックは、いまこの場でプログラムを組んで、それでシルバーのプログラムを止めようとしている。ぜったいに不利だ。でもフロックは指を止めない。必死に打ち勝とうとしている。シルバーに。

　お父さんに。

「むんぎぎぎぎ……！」

　地球儀はもうスロープの下の方まで落ちていた。ドラえもんはがんばっている。両腕だけじゃない。頭まで地球儀にくっつけて必死に食いとめている。むき出した奥歯がくだけそうに軋んでいる。

　タイピングを続けながらシルバーが言った。

「希望などない。無駄と知りながらなぜ抗うのだ」

　答えたのはドラえもんだった。

「希望が、……ないって？」

　ドラえもんの声。ビリビリ震えていた。震えながら届いた。

「だったらどうして、フロックを力ずくで止めないんだ！　ここまで来られないように、どうしてクイズにウソを教えなかったんだ！」

「…………」

「残ってるからじゃないか！　だから！」

シルバーは答えなかった。シルバーの指が動いて地球儀が鈍く光った。さらに重みを増したようだ。

「んごごご……！　うわあああああ！」

ドラえもんの声が変わった。のび太は見る。ドラえもんが巨大な地球儀に押しつぶされる姿を。地球儀がパイプに到達し、直下のエンジンに向かって落下し始めるのを。そしてさけぶ。「ドラえもーん！」さけぶことしかできない。ドラえもんがピンチなのに。ドラえもんが死にそうなのに。ぼくの親友がいま！　目の前でひどい目にあっているのに！

「わあああ！　どうしよう、どうしよう！」

泣くことしかできない。

「ドラえもん、ドラえもん、ドラえもーん！」

＊

のび太のママはお茶を運ぶ。居間でパパがのんびりと新聞を読んでいる。

ママがパパの隣に腰を下ろした。急須でお茶をいれながら言う。

「今度はキャンプでしょう？　あの子ったら夏休みの間遊んでばかり……。大丈夫かしら」

パパは答える。

「大丈夫だよ」

ママがきょとんとしている。

パパはお茶をすすってから、ほほえんで言う。

「心配ないよ。のび太は苦手が多いけれど、何でもやってみようとするじゃないか。それがあの子のすばらしいところだとぼくは思うんだ」

パパはのび太をちゃんと見ている。だから言える。

「そりゃあ何度も転ぶさ。つらい目にもたくさんあうだろう。だけどのび太なら大丈夫。のび太は、何度転んでもそのたびに起き上がる強さをもっている。だから大丈夫」

パパは窓の外を見る。青空の向こうに、のび太を見ている。

「ぼくはのび太を、信じているよ」

*

キッと顔を上げた。

「ドラえもん！　いま行くよ！」

のび太は走る。床に転がっていた〝重力ペンキ〟をつかんでドラえもんを目指して走る。地球儀はパイプの中に落ちてしまった。深い深い穴の底だ。底の見えない真っ暗な闇だ。だけど行くよ。ぼくは行くよ！

重力ペンキをぶちまけた。パイプの内側に一直線に虹色のペンキが走る。その上を走る。全力で走る。ただ前だけを、ドラえもんだけを見て走る。

「ドラちゃーん！」

しずかちゃんの声も聞こえた。のび太の後についてきてくれてる。ドラえもんを救うため。ドラえもんの手をつかむため。パイプの底に真っ赤に光るエンジンが見えた。そこに地球儀が乗っかっている。エンジンのまわりには何もない。噴出孔になっているからだ。エンジンと地球儀のすきまにドラえもんの白い手が見えた。それに飛びつく。つかむ。全身全霊をかけてつかむ。

「ドラえもん！」

放さない。体中痛いけど決してこの手を放さない。ぼくがつかんでいるのは、ぼくの親友の手だから！　ドラえもんの手だから！

地球儀からエネルギーが吸い出され、エンジンに吸収されていく。スパークが走る。体中しびれる。けど目は閉じない。しずかちゃんの手が伸びてきて、ドラえもんのもう片方の腕をつかんだ。しずかちゃんと目を合わす。同時にうなずく。

ドラえもんの腕を引いた。地球儀に両足をつけてふんばり、ドラえもんを引っ張り出す。想いは一つだ。ドラえもんはいつもぼくらを助けてくれる。だからいまは。いまはぼくらがドラえもんを助けるんだ！

ドラえもんの体がズボッと抜けた。目を閉じたままのドラえもんをしずかちゃんといっしょに抱きしめる。地球儀はエンジンにはまってしまった。ノアの方舟は動き出すだろう。ドラえもんを引き抜いた勢いでのび太たちは空中に放り出される。足の下は海だ。何の支えもない。

はるか上からフロックとセーラの声が聞こえた。

「のび太！　ドラえもん！」

フロックだ。

「しずか！」

セーラだ。

のび太たちは落ちる。三人いっしょに、ひとかたまりになって落ちる。

逆さになった視界に、船長室に残る家族が見えていた。

――フロック、セーラ。シルバーを、止めて……！

＊

モニターは一面が赤に染まっていた。フロックのハッキングを受けても、シルバーのプログラムはビクともしない。フロックの指がすさまじいスピードで動いている。けれど、壁一面を埋めるモニターは赤いままだ。

シルバーがフロックを見ている。まだ立ち上がることのできない赤ん坊を見るような目で見ている。静かに言う。聞き分けのない子どもに言って聞かせるように。

「すべては、子どもたちの未来のためなのだ」

フロックの額から汗が散る。話しながらもフロックの指は止まらない。

「子どもたちの……、未来だって……？」

「そうだ。大人がこの星を壊したのだ。だからこそ、それがたとえ一握りの子どもであっても、彼らを生かすことで未来を守るのが大人の責任なのだ」

フロックはさけぶ。指を止めずにさけぶ。

「一握りの子どもを、誰が選ぶんだ！」

シルバーはフロックをじっと見つめる。

「………」

「なぜ父さんが、それを決めるんだ！」

指を止めない。このプログラムは、フロックの意志だ。

「のび太の言うとおりだ！　研究をあきらめて、自分たちだけ生き残るなんて、そんなの希望じゃない！　そんなの形を変えた絶望じゃないか！」

シルバーは動きを止める。息子と向き合った。

「母さんは息を引き取る前に、ぼくとセーラに言ったよ。『父さんをお願い』って」

「……………」

「今度は、ぼくとセーラが父さんを守る！　ぼくらは父さんの子だ。今までずっと、父さんと母さんに守ってもらってきた。育ててもらってきた。だから返すよ。親鳥に守られるヒナとしてじゃなく、大空を羽ばたく一羽の鳥として父さんに言うよ。父さんはまちがってる！」

猛烈な勢いでキーを叩く。想いを込めて叩く。

「母さんがそんなこと望むもんか！　母さんなら言うよ。あきらめずに実験を続けようって言うよ！　父さんは絶望に逃げたんだ！　逃げ出した言い訳に、母さんを使うな！」

父さん。

ぼくの想いを、あなたにぶつけるよ。

「ぼくは、父さんに勝つ！」

＊

猛烈な風が頬を叩いている。はるか上に海賊船の底が見えた。

のび太はギュッと目を閉じる。海に落ちる。でも、しずかちゃんとドラえもんをつかんだ手。

この手は決して放さないから……！

その瞬間、「ポフッ」と妙な音がして、背中が何か柔らかいものに触れた。柔らかいものの上で弾んで、そのあと背中が何かに沈み込んだ。

「なに、これ……？」

「よう。待たせたな。のび太」

聞き覚えのある声が聞こえた。聞きなれた太い声だ。

「ギリギリセーフって感じだよね」

こっちも聞き覚えのある声だ。聞きなれた高い声。

のび太はゆっくりと目をあける。二つの顔がのび太をのぞきこんでいた。それがニッと笑顔に変わる。

「ジャイアン！　スネ夫！」

お尻の下には甲板があった。触れてみると木でできた甲板がふんわりやわらかくなっている。

「これは……？」

ジャイアンが笑う。「甲板をトランポリンにしたんだぜ。気が利いてるだろ」

顔を上げてみた。大きく膨らんだ帆が見える。布の真ん中に、大きく真っ赤な「N」の文字が見えた。涙が湧きそうになる。

「ノビタオーラ号だ……！」

のび太とドラえもん、それにしずかちゃんを救ってくれたのは、ノビタオーラ号だった。ジャイアンとスネ夫が、ノビタオーラ号に乗ってぼくらを助けに来てくれたんだ！

「ありがとう！　ジャイアン、スネ夫！」

飛びついたら、ジャイアンとスネ夫が照れ臭そうに「へへ」と笑った。すぐに表情を引き締める。

「礼は後だ！　まだ戦いは終わってないんだろ？」

強くうなずく。「うん」

「フロックとセーラのところに向かおうぜ！」

もう一度、もっと強くうなずく。「うん！」

ふと気づいた。

「あれれ？　でも、ここって空中なんじゃ……。どうしてノビタオーラ号が？」

ニニニと笑ってジャイアンが親指でマストを示した。そこを見てのび太は大声を上げる。七体のミニドラたちが、たくさんの〝風神うちわ〟で帆に風を送り、ノビタオーラ号を空高く舞い上げていたのだ。

ジャイアンが言う。「あいつらが船を引きあげてくれたんだ。甲板をトランポリンにしたのもあいつらだぜ」

ぐわっと胸が熱くなった。

「ミニドラたち！」

赤いミニドラがうちわを持ったまま、「ノーノー！　シーシー！　ドードー！」と嬉しそうに言った。「のび太、しずか、ドラえもん」と言ったのだ。

また涙が湧きそうになった。

「ありがとう！　ありがとう！　みんな！　ほんとうにありがとう！」

涙を振り切ってドラえもんの肩をつかんだ。ドラえもんの目がリールみたいにクルクル回っている。舌まで出てる。大きく揺らす。力いっぱい名前をさけぶ。

「ドラえもん！　起きてよ、ドラえもーん！」

ドラえもんがパチリとまたたいた。その目を勢いよく開く。

「はっ!?　のび太くん、シルバーは!?　フロックとセーラは!?」

抱きついた。

「よかった！　ドラえもーん！」

ドラえもんがきょとんとしている。首をきょろきょろ回している。

「あれ？　みんないる」

のび太は前を向く。空の向こうにシルバーの海賊船が見えている。

のび太とドラえもんは向き合って強くうなずいた。ドラえもんが船首に駆け寄る。

「いよいよ最後だ！　行くぞ！　全速前進！」

みんなの声がそろった。

「アイアイサー！」

＊

一面赤いモニターの隅っこに、チカチカと弱い光がまたたいている。フロックのハッキングプログラムの欠片だ。シルバーの強すぎるプログラムに押されて、いまにも消えそうに、喘ぐようにして辛うじてそこにある。

フロックが歯をむきだしている。その姿は巨人に立ち向かうドン・キホーテのようだ。

シルバーが言った。

「フィオナは、『子どもたちの未来を頼むわね』と言ったのだ……。だから私は……」

その声が細かく震えていた。

「私はフィオナに、お前とセーラを生かすよう頼まれたのだ。だから——」

「ちがう。母さんはそんなこと父さんに頼んでいない！」

「……？」

「母さんは、『みんなの未来を守って』って言ったんだ！　あきらめずに研究を続けてって言ったんだ！」

シルバーがフロックを見た。まるで叱られた子どものような顔をしていた。

ふらふらと足を進め、フロックに近づいてくる。

「だが……、このままではこの星に未来はないのだ。みな、死ぬのだ！　私はどうすればいいのだ!?　もはや私に残されたすべはないのだ！」

フロックは答えた。迷わなかった。

「だからぼくたちがいる」

シルバーの目が見開かれる。

「いっしょに探せばいい。滅びずにすむ方法を、みんなで探せばいいんだ！」

その瞬間、真っ赤だったモニターの右上の一マスが青く変わった。シルバーが動きを止める。

「私のプログラムに――」

モニターの一マスの青が隣の赤を侵食する。二つになった青は、隣の四つの赤を青に変える。

「フロックが勝った……？」

まるで床一面に敷き詰めたドミノを一気に倒したようだった。次の瞬間にはモニターのほとんどが青色に変わっていた。シルバーの顔を、モニターの青い光が照らし出す。

フロックの顔も青に染まった。シルバーにはその顔がフィオナに見える。フロックとセーラの母。シルバーの最愛の人。未来を救おうと、その命を燃やし尽くした人。在りし日の彼女の姿に。

フロックが宣言した。

「ぼくらで未来をつくるんだよ。父さん」

＊

ノビタオーラ号は空を駆ける。太陽を目指すイカロスのように、ぐんぐんと高度を上げて宝島に近づいていく。

「よおし！　このまま宝島に乗り込むぞ！　みんなでシルバー船長を止めるんだ！」

「おう！」

みんなの声がそろった瞬間に、背中で「バキッ」と音がした。みんな同時に振り返る。

みんなの目が点になる。

「うそぉ!?」

マストが真っ二つに折れていた。風神うちわで帆に風を送っていたミニドラたちが、うちわを握ったまま口をぽっかり開けてぼうぜんとしている。

ドラえもんが顔をくしゃくしゃにして両手を上げてのび太に迫った。

「もう！　のび太くんが下手くそに作るから！」

「ごめんなさぁああい！」

「わあああああ！　これじゃ操縦できない！　このままじゃ突っ込んじゃう！」

＊

モニターは完全に青に染まった。画面の中央近くに、フロックが組み込んだプログラムのプロンプトがチカチカ明滅している。

「エンジン分離」

YES／NO

「きた！　これでエンジンを切り離せる！」

フロックの指が実行キーを押そうとした瞬間、セーラのさけびが響き渡った。

「待ってお兄ちゃん！　あのモニターを見て！　まだドームの底が残ってる！」

フロックの指が止まった。シルバーの肩越しに一つのモニターを見る。そこには海賊船の見取り図が示されていた。海賊船の下部は巨大なドームになっている。船の下部をおおっているドームがある限りエンジンは切り離せない。

「エンジンが……、切り離せない!?」

固くこぶしを握り締めた。

「やっとここまで来たのに……！」

体を震わす息子を、シルバーが見ている。

「まさか……。私のプログラムが押し切られるとは――」

＊

海賊船の下部をおおう半透明のドームにノビタオーラ号が突っ込んで行く。「わあああああ！」

みんな目をつむり頭を抱えた。折れたマストの先端に乗って、ドラえもんが大慌てで道具を探している。

「なんかないかなんかないかなんかないか！　なんかないかなんかそうだ！　〝タンマウォッチ〟で時間を止めて！」

ドラえもんがポケットに手を突っ込んだ瞬間、海賊船のドームにノビタオーラ号が突っ込んだ。マストがくだけてドラえもんの目の前にドームが迫る。

さけんだ。

「わあああ！　間に合わない！」

「わっ！」

ドン、という音に顔を上げてみたら、ドラえもんの頭がドームのシールドに思い切りぶつかっていた。ドラえもんの目がくるくる回っている。次の瞬間に、ビキリとドームにヒビが走った。

そのヒビが一気に広がって半透明の欠片が砕け散る。

あたり一面がキラキラ輝くドームの欠片で埋め尽くされた。のび太は目を奪われる。ものすごく、きれいだった。

「やったぁ！　さすがドラえもんの石頭！」

ジャイアンがこぶしをギュッと握りしめた。

「最強のひみつ道具だぜ！」

＊

「ドームが消えた⁉」

ズンという衝撃とともに、モニターに赤く表示されていた海賊船下部のドームが突然消え去った。フロックは実行キーに指を伸ばす。その刹那に父を見た。

「父さん……」

「フロック……」

シルバーがつぶやいた。フロックは父の姿をその目に焼き付ける。

「父さん。いっしょにやり直そう」

フロックはキーに触れる。「分離ＹＥＳ」を実行する。

シルバーは見ていた。

その目に映っていたのは、独り立ちした一人の少年だった。

＊

「いててててて……」

マストの上で、ドラえもんが顔をしかめて頭を押さえている。空全部がキラキラ輝いていた。

ドームの破片が次々と海に落ちていく。

海賊船の下部をおおうドームがすべて粉になり丸裸になった。そこからエンジン部分につながるポットが見えている。エンジン部分からビキビキと引きはがすような音が聞こえてくる。

のび太は見る。海賊船のエンジンと、それにつながるポットが切り離され落下していくのを。

のび太は見る。それに続いて、船長室にあった「青い星」が海に落ちていくのを。

あの地球儀には、この星のエネルギーが詰まっている。

エネルギーが海に還る。

「やったんだね。フロック」

「青い星」が海に沈んでいく。高く、高く、水柱が上がった。

「星が――、元に戻るんだ」

7

船長室にはフロックとセーラがいた。ガクリとひざを折ったシルバー船長もそこにいた。
戦いは、終わっていた。

「ばかな……」

「父さん……」

「なぜだ。なぜ、そこまでする」

のび太を見た。ドラえもんを見た。しずかを見た。ジャイアンとスネ夫を見た。それからフロックを、セーラを見た。みんなボロボロだ。ボロボロでヘロヘロだ。だけどみんな輝いていた。まっすぐに立っていた。誰も目をそらさない。

「なぜ、そこまでできる……」

のび太は言う。

「地球のエネルギーを持って行かれたら困るから。それに……、親子なのに、家族なのに、パパと争うなんて、悲しいから」

「………」

「悲しいのは、嫌だから」

シルバーは思い出す。フィオナと過ごした最後の時を。

あの時、精一杯の力で私の手をとり、彼女は私に伝えてくれた。

残りわずかな命を、キラキラと輝かせながら。

「あの子たちには……、人の幸せを願い、人の苦しみを悲しめる――、そんな人になってもらいたいわ……。そう……、あなたのような人に……」

声をしぼり出した。

「私は……、そんな立派な人間じゃあない」

「そんなことない」

「……………」

「だって、私が好きになった人だもの」

「待てフィオナ。まだ逝くな。逝かないでくれ！　私は、一人でどうしたらいいのだ……！」

「……一人じゃないわ」

「……………」

「セーラがいる」

「……………」

「フロックがいるじゃない。あなたは一人じゃない」

「…………」

「あの子たちは……、私たちの宝物」

「…………」

「子どもたちの未来を、……頼むわね」


「宝物……」

シルバーの目は、フロックとセーラを見ていた。ゆっくりと立ち上がる。

「フロック。腕を上げたな」

フロックの顔が変わった。ギュッとなって真っ赤になった。こらえきれないみたいに声をしぼり出す。

「あたりまえじゃないか。ぼくは……、ぼくは、父さんの息子なんだから！」

なんだか胸がきゅうっとなった。

「人の幸せを願い、人の苦しみを悲しむことのできる人、か」

シルバーがのび太を見た。のび太はきょとんとする。

「いるのだな。そういう人間も」

シルバーがのび太を見ている。のび太に重ねて、未来を見ている。

「あるのかも知れぬな。まだ見ぬ未来も」

胸がかあっと熱くなった。頬を真っ赤にしてさけぶ。

「うん！　きっとあるよ！　みんなで探せば、きっと見つかるよ！」

シルバーが、「そうか」と口の中でつぶやいた。笑顔に変わる。

シルバーの笑顔。

それは、お父さんの顔だった。

「フロック、セーラ……。家に帰ろう」

セーラがシルバーに飛びついた。フロックが一歩、また一歩、シルバーに近づく。

シルバーの肩に触れた。そのまま一つになる。三人が一つになる。

のび太の目から涙が落ちる。熱くて、とても大きな、大粒の真珠みたいな涙だった。

そこに見たのだ。

家族を。

＊

海賊船が空に舞い上がった。船倉はもうない。地球のエネルギーを奪う機能を失って、海賊船は、未来を探すための調査船になった。フロックとセーラとシルバー。それにたくさんの家族たち。みんなはこれから、未来を探す旅に出る。

ドラえもんがタケコプターを出してくれた。みんなでそれを付けてフロックたちを追いかける。

船の甲板に、フロックがいた。セーラがいた。シルバー船長がいた。フロックの頭の上にクイズがいる。クイーッ！　クイーッ！　とうるさく鳴いている。

笑顔で別れたいのに、どうしても涙が湧いてくる。

「フロック……」

「のび太……」

フロックの声。

「セーラ！」

しずかちゃんが声をはりあげる。やっぱり涙を含んだ声だ。

「しずか！」

セーラの声。

ドラえもんが言う。フロックの頭の上のクイズを見ている。

「ま……、ボクほどじゃあないけど、なかなか骨のあるロボットだと思うよ。クイズは」

強がってる。笑ってしまう。

クイズがパタパタ飛んできて、ドラえもんの頭の上にちょこんと乗っかった。

「今の気持ちは、潜水艦に乗ってた人数ナゾ」

ドラえもんがぽっかり口を開けて頭の上のクイズを見ている。クイズはそっぽを向いて知らん顔している。「潜水艦に乗ってた人数……？」

ジャイアンがあきれている。「最後までクイズかよ。ぜんぜんわかんないぞ」

しずかちゃんが目尻をぬぐいながら、笑顔に変わって言った。

「もしかして、最初のクイズなんじゃないかしら？」

「最初のクイズ？」

スネ夫がポンと手を叩いた。

「ああ！　たしか、九百九十九人が乗った潜水艦っていうクイズ！」

みんなで頭をひねる。船は上昇していく。もう地上は小さくしか見えない。青い海と緑の大地。

足元にそれが広がっている。

世界が、果てしなく、どこまでも広がっている。

ドラえもんが声を上げた。

「わかった！　九百九十九で、九が三つ！　三、九で、サンキューだ！」

のび太はパッと頬を染める。サンキューか。ありがとうだ。ぼくと同じ気持ちだ。

クイズがドラえもんの頭の上からパッと飛び立った。「ピンポン！」

みんなで手を振る。ドラえもんが涙目になっている。

「クイズ、サンキュー！」

「ありがとう！」

フロックとセーラが手を振ってる。どんどん昇って小さくなっていく。フロックとセーラの後ろにシルバーがいる。二人の肩に手を置いている。お父さんがいる。

家族が、笑っている。

「またいつか！」

「また会おう！」

「かならず！」

「かならず！」

船が消えていく。未来の世界に帰っていく。

のび太は涙を切る。お別れの涙はもうおしまいだ。

ドラえもんが肩に手を置いてくれた。

空を見る。彼らのいなくなった空。どこまでも深い、広い、青い空。

この星の空。

彼らは帰るんだから。

未来に。

家族に。

＊

船倉から落ちた金銀財宝も、コアのエネルギーといっしょに海の底に沈んでいった。空から見る。青い海に、まるで金粉でもまいたみたいにキラキラと金色が混ざっている。それがだんだん沈んでいく。宝が海に還っていく。

「お宝だー！」

ジャイアンが海に飛びこんだ。スネ夫も後に続く。「ボクちゃんも！」

その瞬間、海中に大きな黒い影がヌッと現れて、ジャイアンとスネ夫がその背中に乗っかった。

バシャンと海上に押し出される。ジャイアンとスネ夫がずぶ濡れのままパチクリ目をまたたかせる。水しぶきが上がった。垂直の水柱にサアッと虹がかかる。のび太は頬を真っ赤にする。

「クジラさんだ！」

航海のはじめに、みんなでいっしょに遊んだクジラだった。クジラの背中にジャイアンとスネ夫が乗っている。

「あっ！　コラ、邪魔すんナ！」

「そうだよ！　せっかくのお宝が！」

ドラえもん、しずかちゃんといっしょにクジラの背中に降り立った。そのとき、しずかちゃんの肩に、ぴょこんと何かが飛び乗った。しずかちゃんがそれを見てパアッと頬を染めた。

「クラゲちゃん！」

のび太たちを海賊船まで案内してくれた黄色い蛍光方向クラゲだ。

「ありがとう！」

しずかちゃんがクラゲに頬ずりしている。クラゲが嬉しそうに目を閉じている。

涙を浮かべたまま、しずかちゃんがジャイアンたちに言った。

「もうよしなさいよ。もともと、海の底にあったものでしょう？」

のび太も言う。

「そうだよ。お宝がほんとうにあるってわかっただけでいいじゃない。お宝は、見つけるまでがロマンなんだよ」

ジャイアンに頭をはたかれた。「のび太のくせになまいきだぞ！」

「イタイ！　何するんだよ、ジャイアン！」

スネ夫が笑いながら言う。

「ま。こうして宝が沈んでるんだから、また宝探しができるって思えば悪くないね」

のび太も笑う。みんなで笑う。

楽しかった。みんないるから。みんなでいられるから。

「あははは」


ビビとガガは船に乗らなかった。フナの形のライダーに乗り、遠くの海上からのび太たちを見ていた。

なんだか笑っているみたいだ。子どもたちが、青いタヌキみたいなロボットを先頭に、みんなで空に昇って行く。どこかに帰っていく。じゃれついたり、離れたりしながら。

ガガは隣のビビを見る。

「ビビちゃん。どうする？」

ビビがガガをじっと見た。

「アンタはどうしたいんだい？　ガガ」

「うーん。そうだな。こんなとき、海賊なら？」

ニヤリと笑う。

「答えは一つだね。海賊のすることは――」

声を重ねた。

「宝探しだー！」

エピローグ

クイズが頭のすぐ上を回っている。くるくるくるくる、楽しそうに飛び回っている。

シルバーの船長室は、シルバーたちの研究室になった。

もう、一人じゃない。研究室には、セーラが焼いたフレンチトーストの香りが満ちている。コンピュータに向かうシルバーの隣にはフロックがいる。二人して数式をにらんでいる。テーブルの上にはコスモスが咲いている。コスモスの花瓶の隣に、クイズがパタパタと降りてきた。首を傾げたままシルバーたちを見守っている。

クイズはつぶやく。誰にも聞こえなくていい。フィオナの想いをつぶやく。

「はなれても、つながってるもの。何ナゾ？」

それは家族。

「まだ見えないけど、ずっと先まで続いているもの。何ナゾ？」

それは、未来だ。

シルバーはクイズを肩にとまらせ、くちばしをちょんとつついた。クイズの目が赤く光り、空中にモニタが表示される。

シルバーが語り出した。それがクイズに記録されていく。


航海日誌（二一XX年X月X日）　フィオナ号船長　ジョン＝シルバー

今日は記念すべき日だ。

時間はかかったが、フィオナの残した計算式の修正案が見つかったのだ。フロックがきっかけを見つけてくれた。私一人では、決してたどり着けなかった新しい可能性だ。

私は、私一人の力で未来に立ち向かい、勝手に負けて、勝手に絶望した。

だが、未来は未確定なのだ。

私は、フロックとセーラのことが見えなくなっていた。フィオナを失った今、二人の子どもたちを、私が守るのだと思い込んでいた。それがフィオナ、お前の願いをかなえることにつながるのだと信じて。

だがちがった。守られ、助けられていたのは私の方だったのだ。フロックとセーラは立派に育った。私の知らないところで、一個の人間として、立派に巣立っていた。
私とは、ちがう未来を見ていた。

私は子どもたちを、幼く、まだ何もわからない無力な存在だと思っていた。
だから必死で守ろうとした。必死で関わらせまいとした。
だが、そもそもがまちがっていたのだ。
子どもたちは、人間だ。
意思を持ち、自分で考える、一人の人間だ。
見損なっていたのは、私の方だった。

だから私は、フロックとセーラにあやまる。

すまなかった。
父さんは、自分勝手だった。お前たちのしあわせを、父さんが決めるのはまちがいだ。
お前たちの未来を、父さんが決めるのはまちがいだ。

フロック。
セーラ。
お前たちは私とフィオナの誇りであり、宝だ。
どうか私を、ゆるしてほしい。
どうか私を、これからも、お前たちの父さんでいさせてほしい。

フィオナ。
未来は変わるよ。
破壊は止められる。人間は、自らを制し、立ち止まることができるのだ。
子どもたちの可能性、それこそが、未来の可能性だ。
未来は、絶望ではない。守るものでもない。
未来は、つくるものだ。

＊

「ママ！　ちょっと出かけてくるね！」

階段をかけ下りて、居間に向かって大声を出した。ふすまが開いてママがどなり声を上げる。

「のび太！　宿題はやったの!?」

ママにつかまったら最後だ。今日はみんなと遊ぶ約束をしてるんだ。だからつかまるわけにはいかない。早く空き地まで行かなきゃ。

「あとで！」

そのまま廊下をかけ抜ける。そしたら腕をむんずとつかまれた。「ちょっと待ちなさい、のび太！」

しまった！　と思ったら、居間から今度はパパが出てきた。万事休す！　そう思ったのに、パパがママに言った。

「まあまあ。いいじゃないか、ママ」

ママがきょとんとしている。

「思い切り遊ぶのだって、子ども時代には大切なことなんだよ」

ママの頭にツノが生えた。パパに向かってどなる。「あなた！　あなたが甘やかすからのび太が――」

ママのどなり声をくぐるみたいにして、パパがのび太に顔を寄せてきた。いたずらっぽく笑っている。パパに何かを手渡された。

本だ。すり切れてボロボロになった本。それを眺めながらパパに聞く。

「これなあに？」

パパが笑う。すごく嬉しそうに。

「『宝島』だよ。ずっと忘れてたけど、パパも昔、この本に夢中になって宝島を探しに行こうとしたことがあるんだ」

「パパ……」

「大騒ぎになっちゃったけどね。でも、すごくいい思い出だ。本、ボロボロでごめんな」

パパがのび太の背中をポンと叩いた。口に手をそえてのび太にささやく。

「ううん。ありがとう、パパ」

「ママは引き受けた。行ってきなさい。のび太」

ドラえもんがニコニコしたままのび太の手を引っ張った。そのままドアを開けて外に出る。夏の太陽がカアッとのび太とドラえもんを頭から照らす。

家からママのどなり声が聞こえてくる。ドラえもんと顔を見合わせていっしょに笑った。走る。

みんなのところへ向かって。

空き地が見えてきた。

三本の土管、その隣に一本の背の低い木。土管の上にジャイアンが座っている。その前にスネ夫が立ってジャイアンと何か話している。しずかちゃんが笑っている。

「おおい！　みんなぁ！」

大きく手を振ろうとしたら、お尻のポケットに何かあるのを感じた。ポケットを探ってみたら、出てきたのは一枚の金貨だった。真夏の太陽みたいに金色の金貨だ。

「えっ!?」

びっくりした拍子に金貨が転げ落ちた。コロコロ転がって側溝のすきまにスポンと落ちる。

「わわわっ！　金貨が……！」

追いかけようと思ったけど思い直した。側溝から目を離して立ち上がる。そして空を見る。

真っ白な入道雲が浮かんでいる。

——フロックとセーラ、元気にしてるかな。

「おおい、のび太ぁ。遅いぞ！」

ジャイアンの声だ。

「そうだよ！　のび太のくせに！」

スネ夫だ。

「のび太さぁん！」

しずかちゃんだ。

のび太は手を振って走る。みんなのところへ。

「みんなぁ、お待たせ！」


「今日は何して遊ぶ？」

「チャンバラなんてどうだ？　もちろんオレさまはムサシな！」

「図書館に行きたいわ」

「でっかいテレビを買ったんだ！　ボクちゃんちに見にこない？」

「裏山に秘密基地を作ろうよ！」

意見がまとまらない。ドラえもんを振り向いた。

「ねえねえ。ドラえもんは何をしたい？」

ドラえもんが、「そうだねえ」と答える。のんびりとポケットをさぐっている。

「雲の上なんてどう？　みんなで雲をトランポリンにして遊ぶの」

「わあ！」

「すてき！」

「おう。いいな！」

「うん。最高！」

みんなでいれば、何だって楽しい。

キミがいれば、何だって冒険に変わる。

「行こう、ドラえもん！」


〈了〉

★「小学館ジュニア文庫」を読んでいるみなさんへ★

この本の背にあるクローバーのマークに気がつきましたか？

オレンジ、緑、青、赤に彩られた四つ葉のクローバー。これは、小学館ジュニア文庫のマークです。そして、それぞれの葉の色には、私たちがジュニア文庫を刊行していく上で、みなさんに伝えていきたいこと、私たちの大切な思いがこめられています。

オレンジは愛。家族、友達、恋人。みなさんの大切な人たちを思う気持ち。まるでオレンジ色の太陽の日差しのように心を暖かにする、人を愛する気持ち。

緑はやさしさ。困っている人や立場の弱い人、小さな動物の命に手をさしのべるやさしさ。緑の森は、多くの木々や花々、そこに生きる動物をやさしく包み込みます。

青は想像力。芸術や新しいものを生み出していく力。立場や考え方、国籍、自分とは違う人たちの気持ちを思い、協力しあうことも想像の力です。人間の想像力は無限の広がりを持っています。まるで、どこまでも続く、澄みきった青い空のようです。

赤は勇気。強いものに立ち向かい、間違ったことをただす気持ち。くじけそうな自分の弱い気持ちに立ち向かうことも大きな勇気です。まさにそれは、赤い炎のように熱く燃え上がる心。

四つ葉のクローバーは幸せの象徴です。愛、やさしさ、想像力、勇気は、みなさんが未来を切りひらき、幸せで豊かな人生を送るためにすべて必要なものです。

体を成長させていくために、栄養のある食べ物が必要なように、心を育てていくためには読書がかかせません。みなさんの心を豊かにしていく本を一冊でも多く出したい。それが私たちジュニア文庫編集部の願いです。

みなさんのこれからの人生には、困ったこと、悲しいこと、自分の思うようにいかないことも待ち受けているかもしれません。どうか「本」を大切な友達にしてください。どんな時でも「本」はあなたの味方です。そして困難に打ち勝つヒントをたくさん与えてくれるでしょう。みなさんが「本」を通じ素敵な大人になり、幸せで実り多い人生を歩むことを心より願っています。

小学館ジュニア文庫編集部

Shogakukan Junior Bunko

★小学館ジュニア文庫★

小説　映画ドラえもん　のび太の宝島

2018年２月７日　初版第１刷発行
2022年２月13日　　　第10刷発行

原作／藤子・Ｆ・不二雄
脚本／川村元気
著者／涌井 学

発行人／石川和男
編集人／庄野 樹

発行所／株式会社　小学館
〒101-8001　東京都千代田区一ツ橋２－３－１
電話　編集　03-3230-5959
販売　03-5281-3555

印刷・製本／大日本印刷株式会社

デザイン／川口岳仁

Printed in Japan　　ISBN 978-4-09-231217-3